Philomene Hartl-Mitius, Jos Krägel

Am Wetterstein : Volksstück in 4 Aufzügen

Philomene Hartl-Mitius, Jos Krägel

Am Wetterstein : Volksstück in 4 Aufzügen

ISBN/EAN: 9783744682626

Hergestellt in Europa, USA, Kanada, Australien, Japan

Cover: Foto ©Andreas Hilbeck / pixelio.de

Weitere Bücher finden Sie auf **www.hansebooks.com**

Am Wetterstein.

Volksſtück in 4 Aufzügen

von

Hartl-Mitius.

Muſik von Joſ. Krägel.

Reg. London. Stat. Hall.

München 1888.

Personen.

Der Müllerwirth.

Anna, seine Tochter.

Broni, ihr Basl.

Midei, Sennerin.

Brigitt.

Xaver Angermaier.

Hans
Michel
Anton } heimkehrende Soldaten.
Florian
Quirin

Der Wiesenbauer.

Cenzi, sein Weib.

Burgl
Resl } seine Töchter.

Sepp.

Franz.

Liesl.

Dorfmusikanten, Schulbuben, Landleute.

Ort der Handlung: Im Rainthal an der Partnach bei Garmisch.

Zeit: 1871.

☞ Um das Stück allgemein verständlich zu machen, ist der Dialekt nur angedeutet, und ist es den verehrlichen Darstellern anheimgegeben, wieweit sie denselben im Dialog entsprechend zum Ausdruck zu bringen vermögen. ☜

Erster Act.

Scenerie:

Gebirgsdörfchen. — Im Vordergrunde ein Wirthshaus zugleich auch Mühle. Ueber dem Eingang ist zwischen zwei blauweißen Fähnchen ein bekränztes Willkommen angebracht. Auf den Tischen vor dem Hause stehen große Feldblumensträuße. Neben dem Wirthshaus muß die Mühle sichtbar sein.

1. Scene.

Anna, Broni. Midei.

Anna und Broni (sind beschäftigt die Gräth (etwas erhöhter Vorplatz) des Hauses mit Tannenbäumchen zu zieren.)

Midei (steht rückwärts auf einem Hügel, schwingt ihren Hut gegen die Berge und singt)

> Die Sonn scheint so hell,
> Die Luft weht so lind,
> Damit mein Bub sicher
> Zum Schatzerl heim find.
> Die Zugspitz, der Wetterstein
> Und s'Höllenthal —
> Euch Berg will ich's sag'n
> Kann mein Glück kaum ertrag'n.
> Jodler.

(bei dem letzten Jodler verläßt Midei den Hügel und kommt munter nach vorne.)

Anna. Ja meinst net, Du gehst her und hilfst uns da ein wenig!

Midei. Bin schon da. Ich hab's nur zuerst die Berg erzähl'n müssen, was heut' für ein Freudentag ist, daß aus ist mit'n Krieg und daß mein Bub z'rück kommt und —

Anna (stolz.) Und der meinige! Du thust ja g'rad als wär' der Frieden für Dich allein g'schlossen word'n.

Broni. Ihr seid halt glückliche Dirndln. Wann ich eine Freud g'spür, trag ich's ganz allein für mich — ich könnt's net so nausschrei'n in die Welt.

Anna. Das ist bei Dir ganz was anders. Du bist an arm's Hascherl und weißt noch nix von an Schatz, aber ich — — Mad'ln wißt's was Neu's? In 4 Wochen wird Hochzeit g'macht.

Midei. So pressirt's?

Anna (geht aufgeregt auf und ab.) Mir schon. Ich hab jetzt lang g'nug als Braut ohne Bräutigam dahing'lebt, und die Angst, die ich ausg'standen hab während dem schrecklichen Krieg, ob ihn keine Kugel trifft, ob er net g'fangen wird, ob er kein anders Mad'l anschaut —

Midei (gemüthlich.) Na jetzt . . Das wird er schon 'than hab'n!

Anna. Ich glaub's net. Mein Hans ist net, wie Dein Michl und wie die Andern.

Midei. Ist das ein B'sonderer, der Hans?

Anna. Ja, das ist er auch und ein Bub, den die Müller-Anna gern hat, der braucht sich um kein französisch Mad'l umz'schau'n.

Midei. Wenn er's aber doch 'than hat —

Anna. Mach mich net wild! — Na — ich will mich net ärgern heut, heut, wo er z'rücktommt! Ich weiß schon, Ihr seid mir all'weil neidig g'wesen um den Hans, weil er der schönste Bursch ist weit und breit. Es ist wahr, ich bin stolz auf ihn, aber ist denn ein Wunder? Kein Bub traut sich mit ihm anz'binden, denn mit sein klein Finger wirft er Jeden am Boden. Singen und Cithernschlag'n kann er, wie Keiner und wann man mit ihm tanzt, so hört man's in seine eig'nen Ohren wie d' Leut sag'n: Das ist einmal ein sauberer Bub und platteln kann er, da giebt's nix Zweit's!

Broni. Du hast die Hauptsach vergessen: sein gutes Herz und wie er an sei'm alten Mutterl hängt.

Anna. Na ja, das auch! Also der schönste und der stärkste Bursch in der G'meind' und mir folgt er wie ein Lamperl auf's Wort. Sollt ich da net stolz sein?

Midei. Ja ja, es ist was Wahr's an dem, was Du sagst, aber — man sollt sein Glück net beschrei'n.

Anna (lachend.) Ach was, ich bin net abergläubisch.

2. Scene.

Burgl. Die Vorigen.

Burgl (kommt außer Athem gelaufen.) Grüß Gott Mad'ln, da seid's ja. Ich bin meinen Eltern voraus'g'laufen, denn die schleichen in der Hitz den Weg 'rauf, wie zwei Schnecken. Ich hab aber eine Ungeduld in mir, die mich voraus 'trieb'n hat. Wißt's denn was heut für ein Tag ist?

Midei (lachend.) Na — Du mußt es uns sag'n.

Burgl. Z'rück kommen's g'sund und frisch, der Toni, der Hans und der Michl. Anna — freust Dich denn net?

Anna. Ich hab' die ganz Nacht kein Aug zu'than vor lauter Freud.

Burgl. Jetzt wenn meine Eltern die Einwilligung zur Hochzeit net geben woll'n, hernach können's was erleben. Jetzt geht's aus einem andern Ton: An Feldzug mitg'macht, das Leben eing'setzt für König und Vaterland — da wer= den's wohl Respekt hab'n.

Anna. So denk ich auch. Ein jed's Mad'l kann stolz sein auf ein' solchen Mann! Mein Hans! Mein lieber Hans! (Umarmt Burgl.)

Midei. Und mein Michel!

Burgl. Und mein Toni! (Halten sich umschlungen.)

Midei (zu Broni.) Na — komm Du auch her, Du armes Hascherl! Wenn Du auch kein Schatz hast, so darfst Dich doch mit uns freu'n. (Umarmt Broni.)

3. Scene.

Die Vorigen. Xaver.

Xaver (schleicht, sobald er die Mädchen erblickt, lachend näher

Wirth. Du bist ganz still, Du tecke Dirn, noch und ruft laut dicht hinter ihnen) D' Soldaten kommen!
(Die Mädchen schreien auf und fahren auseinander)

Burgl. Jesses! Bin ich erschrocken!

Midei (fällt in einen Stuhl.) Ich gebet jetzt kein Tropfen Blut.

Anna. Du bist es, Du Hallodri? Weißt Du nix G'scheidters, als umeinander schleichen und Dirndln erschrecken?

Xaver. Ihr seid halt so schön dag'standen, wie im Traum, da hab ich Euch zeigen woll'n, daß ich den Traum deuten kann. Soll ich Euch sagen, an was denkt habt's? An die Soldaten. Gelt ich hab's errathen? Ja, ja, von heut an ist unsereiner gar nix mehr. Wer net ein blaues oder grünes Röckel anhat, den schaut man gar nimmer an.

Midei. Laß uns in Ruh, Du Nixnutz. Mein Michel wenn da ist, der zeigt Dir schon, wo der Zimmermann 's Loch g'macht hat. (Geht auf die Gräth.)

Burgl. Und mein Toni erst, da kannst Dich freu'n. (Beide beschäftigen sich mit dem Guirlandenschmuck des Hauses.)

Xaver. O, wie ich mich schon fürcht! Geh Anna, laß die Ganserln laufen. Du bist ja die Einzige, mit der man ein vernünftiges Wort reden kann. — — Denkst Du auch so? Fangt bei Dir der Mensch auch erst beim Soldaten an?

Anna. Ich weiß net, wie Du das meinst. Ich hab' den Hans ganz g'wiß net deßzwegen gern, weil er ein' blauen Rock anhat, aber schaden thut ihm das in meinen Augen auch net.

4. Scene.
Die Vorigen. Wirth.

Wirth (ein herzensguter, aber schnell aufbrausender Mensch.) Na, seid Ihr mit der Blumenbinderei noch net fertig? Soll ich vielleicht die Knöd'ln einschlag'n und die Nud'ln bachen? Da hat man drei Weiberts im Haus und muß doch alles selber thun.

Midei. Ihr habt's Euch noch nie überanstrengt.

ein einzig's Wort und ich sperr Dich auf'n Heuboden, wenn die Soldaten kommen.

Midei (lachend.) Nachher spring ich beim Dachfensterl wieder 'raus.

Wirth. Marsch jetzt in die Kuchel und die Broni auch! Die Nud'ln abstechen! Die Hend'ln umrühr'n! Jesses, jesses, Broni, steh net all'weil her, wie's leibhaftige Martertaferl — das Mad'l hat kein Tropfen Blut im Leib — marsch! marsch! rührt's Euch!

(Broni, Burgl und Midei ab in's Haus.)

— — Ah — der Angermaier-Xaver — ich hätt Euch jetzt bald net g'sehn. Ja was ist denn das? Der Xaver hat ja noch gar kein Bier. Wird's jetzt vielleicht einer von die Fräul'n g'fällig sein? (Setzt sich zu ihm.) Eine schöne Wirthschaft in der Wirthschaft! Schimpf nur, schimpf, wenn ich net der Wirth wär, ich schimpfet mit.

Xaver. O mein, der heutige Tag ist halt für die Mad'ln so viel wichtig.

Wirth. Na freilich und den Kopf verlieren's gleich — na von solche Kleinigkeiten redt man net, s' is Alles B'stimmung auf der Welt.

Xaver (zu Broni, die ihm Bier bringt.) Ich dank' Dir schön. Sollst leben Wirth! Freust Du Dich nachher auch so auf Dein Schwiegersohn, wie die Anna auf ihren Schatz?

Wirth. Warum denn net? Ist ein guter Kerl, der Hans. Freilich, sein Anwesen ist net groß, aber na, 's Geld macht allein net glücklich, sagt die Anna, na sie muß' wissen. (Er trinkt aus Xaver's Krug.)

Xaver. Also Du bist net so eing'sprengt auf den Hans? Von Dir aus dürft's ein Anderer auch sein?

Wirth. Von mir aus der Prinz Schnudi, ich heirath ihn ja net. Der den größten Geldbeutel hat, der wär' mir der Liebste, — als Vater g'sprochen, natürlich — die Mad'ln hab'n wieder andere Passionen.

Anna (die sich unterdessen mit den Blumenkränzen beschäftigte.) Geh Vater, schäm Dich doch, so z'reden.

Wirth. Schämen? Warum? Ein Wirth schämt sich niemals nicht, z'wegen dem Geld schon gar nicht. Sei nur gut, Mad'l, er ist mir ja recht, Dein Hans. Wie ist Dir denn, jetzt werdens bald da sein, die Andern, (er marschiert militärisch und salutirt dabei) und der Hans auch mit'n Orden, s' eiserne Kreuz hat er kriegt. — (Vergnügt lachend.) Natürlich, der Spitzbub muß überall vorn d'ran sein! Na — es ist Alles B'stimmung auf der Welt!

Anna (mit leuchtenden Augen.) O Vater, gelt das ist eine recht hohe Auszeichnung — gelt, jetzt ist er nachher Offizier!

Wirth. Na, na, na, so g'schwind geht die G'schicht net, Du möchtest wohl gleich ein' General zum Schatz?

Anna. O mein, Vater, ich bin halt närrisch vor lauter Glück und Freud'!

5. Scene.

Die Vorigen, Wiesenbauer, Cenzi, Resl; dann Vroni und Burgl.

Wirth (zu Anna.) Ja, ja, das seh' ich. (Zu den Neuankommenden.) Ah, Wiesenbauer, schon da? Das ist recht. Da setzt's Euch her, Bäuerin und die Mad'ln auch. Was ist nachher g'fällig?

Wiesenbauer. Na, Durscht haben wir —

Bäuerin. Bei der Hitz! (Zu Burgl, die aus dem Haus kommt.) Bist da, Ausreißerin? — Na wie geht's Dir all'weil, Müllerwirth?

Wirth. Dank der Nachfrag'. Mein G'schau laßt halt ein Bißl aus und in mein' G'schäft da brauchet man vier Augen. (Eilt an die Thür.) Vroni, drei Maß. Wissen's, meiner Anna dürf't ich heut kein Bier holen lassen, die lasset die Krügeln fall'n, so närrisch i's heut.

Cenzi. Glaub's wohl, weg'n dem Hans.

Wirth. Ja freilich weg'n dem Hans, aber es geht uns ja auch net besser. Weil nur der verdammte Krieg einmal vorbei ist, das waren böse Zeiten! Ueberall Stillstand, nix verkaufen hast können, kein Einkehr hast g'habt — na es ist alles B'stimmung! (Zu Vroni, die mittlerweile Bier gebracht hat.) He! he! Stellt man ein Krügl so dumm auf'n Tisch? Um ein Haar wär's runterg'fall'n. (Setzt sich auf den Hut des Wiesenbauern, den dieser neben sich auf die Bank gelegt hat.) Ja, das war eine harte Zeit, Gottlob daß vorbei ist!

Wiesenbauer. He! he! Ihr habt's Euch aber schon ganz auf mein Hut g'setzt, net bloß um ein Haar!

Wirth. Jesses, ist's wahr? Ich sag's ja, mein G'schau laßt nach. (Trinkt aus Wiesenbauer's Krug.)

Wiesenbauer. Ja, das merk' ich, daß Dein G'schau nachlaßt, weil'st schon die Maßkrüg verwechselst.

Wirth. So meinst? Na, das thu ich bloß aus Höflichkeit. Ein höflicher Wirth darf sich net scheniren, der muß mit ein' jeden Gast aus ei'm Krug trinken. Sollst leben, Wiesenbauer! (Trinkt.) Du auch Bäuerin. (Trinkt.) Und Deine Mad'ln auch! (Trinkt wieder.)

Wiesenbauer. Na, wann Du so fortmachst mit Deiner Höflichkeit, dann hab' ich mein Bier g'seh'n. Hast mir noch was d'rinn lassen? (Schaut in den Krug.)

Wirth. Alles G'schäftsrücksichten. Ich trink mein Bier net einmal gern.

Xaver (am Tisch gegenüber.) Na, er opfert sich, daß seine Gäst kein warm's Bier hab'n.

Wirth. Ich glaub', der will mich frozzeln. Himmel Sapprament, das wennst Dich unterstehst! (Sich selbst be= ruhigend.) Pscht! pscht! pscht! net ärgern! net ärgern! Lieber ein niederschlag'n, aber net ärgern!

Xaver (lachend.) Ja möchtest net gleich s' Raufen anfangen?

Wirth (auf die Uhr sehend.) Na, na, es ist noch z'früh. Vor zehn Uhr darf nirgend's g'rauft werd'n, in der ganzen Welt net. (Ab in's Haus.)

6. Scene.

Die Vorigen, bald darauf Sepp, Franz, Liesl.

Burgl (kommt mit Anna nach vorn.) Aber schön hast Dich ang'legt.

Cenzi. Da darf der Vater freilich gute Einkehr hab'n, wann er seiner Tochter ein' solchen Staat schaf= fen will.

Resl. Das ist ja schon wieder ein' neue Halsketten.

Wiesenbauer. No, wenn man seine Gäst s' Bier

austrinkt, mit dem G'schäftsprinzip kann man schon Hals=
ketteln kaufen.

Anna. Ja, ja, schaut's mich nur an, Alles nagelneu,
was ich heut' anhab', vom Kopf bis zum Fuß. Habt Ihr
net g'hört, daß der Hans z' eiserne Kreuz kriegt hat? Da
muß ich mich doch schön machen, wenn ich neben ein' solchen
Bub'n noch Staat machen will.

Cenzi. Na gehts bald an d'Hochzeit?

Anna. Lieber heut, als morgen.

Sepp, Franz, Liesl. Darf man da Platz nehmen?
(Setzen sich zum Wiesenbauer.)

Wiesenbauer (rückt.) Freilich! Freilich!

Cenzi (zu Xaver.) Na — Xaver — willst Du Dich
net auch zu die Kameraden setzen?

Xaver. Später. Ich hab' nur z'erscht mit der Anna
ein paar Wörtln z'reden.

Anna. Mit mir? Willst ein' frische Maaß? (Geht
gegen die Thür.)

Xaver. O nein, Du sollst Dich gar net bemüh'n für
mich — ich kann schon warten.

Anna (stolz.) Ich hätts net selber g'holt, der Broni
hab ich rufen wolln. (Hineinrufend.) Broni, komm 'raus
g'schwind!

Broni (geht von nun an beständig ab und zu und bedient
die Gäste.)
(Es kommen in Zwischenpausen immer neue Gäste, einzeln u. in Gruppen.)

Cenzi (zu ihren Töchtern.) Ist das ein hochmüthiges
Ding; ich will nur seh'n, ob sich die Hoffart net legt.

Anna (setzt sich zu Xaver. In der folgenden Szene spricht
Xaver im Flüsterton, damit die Andern sein Gespräch nicht hören,
Anna jedoch antwortet laut und übermüthig.) Na also, was giebt's
denn Neu's?

Xaver (sie verliebt betrachtend.) Wie Du heut' wieder
bildsauber bist!

Anna. O je. das ist schon 'was Alt's.

Xaver. Ja, was Alt's, wie mein' Lieb zu Dir. O Annerl, wennst mir nur ein klein's Bissel gut wärst!

Anna. Ich glaub', Dir ist's Bier in Kopf g'stiegen?

Xaver. Geh, sei net so harb mit mir. Du kommst mir vor, wie ein' Heckenrosen: so schön, als Du bist — wenn man Dich anrührt, sticht man sich an die Dorn'.

Anna. Es schafft Dir's ja Niemand, daß Dich stichst! Laß halt das Röserl in Ruh, es ist net für Dich g'wachsen.

Xaver. Das seh' ich net ein. Unser Herrgott hat die Rosen für die ganze Welt g'schaffen, warum net auch für mich? Warum soll g'rad der Hans der Glückliche sein? Warum willst mich net ein Bisl gern hab'n? Anna — ich thät Dich auf die Händ trag'n — warum magst mich net?

Anna. Warum? Warum? Schau den Hans an und schau Dich an, nachher weißt Du's. Weil der Hans ein ganz anderer Bursch ist, wie Du, so schön und so stolz und so lieb — warum, darum, weil ich ihn halt lieb hab, ich weiß selber net, warum.

Xaver. Anna, mach mich net rasend, oder es g'schieht ein Unglück!

Anna. Ich? Bin ich schuld an Deiner wahnsinnigen Lieb'? Hab ich Dich jemals freundlich ang'schaut? Hab ich Dir nur ein gut's Wörtl gönnt?

Xaver. Na, na, Du bist mit mir harber, als mit jeden Andern, aber das ist's ja g'rad, was mich närrisch macht. Anna, ich denk Tag und Nacht an Dich! Stehlen könnt ich für Dich, Ein' umbringen, wenn Du's willst.

Anna. Sei so gut! Da wär ich just net eingsprengt b'rauf.

Xaver. Lach net, es zerreißt mir's Herz.

Anna. Was soll denn das G'red? Der heutige Tag ist schlecht g'wählt zu einer Liebserklärung.

Xaver. Ich weiß, aber ich hab's ja schon oft probiert und Du hast mich nie hör'n woll'n. G'rad heut, noch bevor der Hans kommt, muß ich wissen, wie ich d'ran bin.

Stoß mich net z'rück, Du weißt net, was in seiner Abwesen-
heit Alles g'scheh'n sein könnt'.

Anna. Was könnt' g'scheh'n sein?

Xaver. Er könnt' ein' Andere gern hab'n und wann
er's auch net gern hat, er könnt sich mit einer einlassen hab'n.
Unsere Bub'n soll'n ja net schlecht ghaust hab'n in dem
Frankreich, des hört man überall. Schämen müßtest Dich,
wenn ein Kenrmadl wie Du, mit dem verlieb nehmet, was
Dir ein' solche Mamsell übrig laßt.

Anna (im höchsten Zorn.) Still sei, kein Wort will
ich mehr hör'n, Du schlechter Mensch! Der Hans ist kein
Solchener, wie Du denkst und damit Du's nur weißt — es
mag g'scheh'n sein, was will, ich hab ihn lieb, lieb, lieb! —
So, jetzt bring Dich selber um vor Neid und Eifersucht.

Xaver (preßt ihr Handgelenk.) Und Du fürch'st net.
daß ich Dein Schatz umbring, wenn Du mich so reiz'st?

Anna (verächtlich.) Nein — der und Du! Der blast
Dich ja über'n Haufen, wenn Du ihm z'nah kommst.

Cenzi. Was ist denn? Ist die Unterredung da
drüben noch net aus?

Xaver (läßt Anna los und tritt zu den Uebrigen.) Ja —
wir sind schon fertig miteinander.

Anna. Fertig für ewige Zeiten. (Ab ins Haus.)

Xaver. Wer weiß! — — — Sollst leben Bäuerin
und Deine saubern Dirnd'ln auch! (Er setzt sich zu ihnen.)

7. Scene.

Die Vorigen. Midei und Broni mit einem Pokal aus dem Hause.

Midei (auf einen Tisch im Vordergrunde deutend.) So
— da stellst ihn her, den Ehrenbecher. Jessas Madl, laß'
ihn net falln, der Müller bringt uns um alle Zwei. Der
Pokal ist ja schon von den Veteranen von Anno dreizehne
g'stift. Heut soll'n unsere Bub'n den Ehrentrunk b'raus
thun. — Broni, was ist Dir denn? Deine Händ zit=
tern ja?

Broni. Mir ist nix, nix — die Freud' weißt, daß
endlich z'rückkommen.

Midei. Die Freud' macht Dich zittern am ganzen Leib? Ja Mahl, haft denn Du auch an Schatz dabei?

Broni (verlegen.) Warum net gar! Mich freut's halt so, daß der Hans wiederkommt, wegen der Anna — weißt — weil's ihn so gern hat.

Midei (mit Beziehung.) So? so? der Hans und bloß wegen der Anna g'freut's Dich? Broni ich bitt' Dich, laß Dein' Aufregung Niemand seh'n, die Anna könnt's falsch versteh'n und Du weißt ja, die Leut', die so rasend in der Lieb sind, die sind auch rasend im Haß.

Broni. Midei, um Alles in der Welt, Du wirst doch net glaub'n —

Midei. Nix glaub ich — — — nix! Denk an Deine Gäst, dort sind leere Krüg, schau' Dich um.

Broni (holt Krüge von den Tischen und geht dann in's Haus ab.)

Midei. Also deßweg'n ,geht's all'weil so blaß und still umeinander? Armes Mad'l! Wenn die Anna was davon merket, sie müßt augenblicklich aus'm Haus. Man muß nur sorgen, daß sie ihr vorher aus'm G'sicht kommt.

8. Scene.

Die Vorigen. Wirth.

Wirth. Hört man noch kei Musik? Sechs ist's, sechs, sie müssen bald da sein.

Midei. Anna, es hat schon noch ein' Weil Zeit. Die Bub'n von Graseck sind ihnen entgegen 'gangen. Die hört man juchezen, ein' Viertelstund vorher. Müllerwirth — ich hätt ein' Bitt an Euch.

Wirth. Haft den Tag gut g'wählt, Spitzbübin! Heut kann ich net leicht 'was abschlag'n; 'raus damit, wenn's was G'scheid's ist.

Midei. Ihr wißt doch, daß der Michl. heut' auch aus'm Krieg z'rückkommt und daß der Michl und ich Lieb's= leut sind —

Wirth (lachend.) Freilich weiß ich's und ich hab' Dir ja deßwegen erlaubt, auf ein paar Tag von der Alm 'runter zu geh'n. damit Dein Schatz net um's Grüß=Dich=Gott=Bußl kommt.

Midei. Ja — der Müller ist so gut und weil der Michl und ich uns halt doch ein ganz' Jahr net g'sehn haben, so hab' ich den Müller bitten woll'n, daß ich heuer nimmer auf d' Alm muß, sondern daß die Vroni statt meiner 'naufg'schickt wird.

Wirth (aufbrausend.) Dummheit! Die Vroni — eine Person, die am helllichten Tag träumt und den Mond für d' Sonn anschaut. Soll mir 's Vieh umkommen wegen Dein' Michl — da wird nix d'raus — Himmel Sappra= ment — nix! Das ist eine schlechte Dirn, bei der die Lieb zum Schatz größer ist, als die Lieb zum Vieh!

Midei (weinend.) Ich — ein' schlechte Dirn!

Wirth. Na, na, na, so hab ich's net g'meint. Flenn net, hör' auf, die Gäst schau'n ja schon her.

Midei (heulend.) Ein' schlechte Dirn!

Wirth. Geh, Du weißt, daß ich kein Wasser net leiden kann. Weil ich schon als Müller so viel Wasser seh'n muß, hab' ich eine Bierwirthschaft dazu ang'fangt, nur da= mit 's Gleichg'wicht hergstellt ist. 's Weinen hör' auf, sag ich! — Geh, Du — ich schenk Dir mein rothen Nagerlstock — ist nix erkennt? Na? Ich laß Dich heimlich aus'm Ehren= pokal trinken — ist das auch nix? (Er streichelt ihren Arm.) Geh' zu Trutscherl, g'schmachs, saubers, sei wieder gut!

Xaver. Den Müllerwirth schaut's an, wie der mit der Midei karessirt!

Wirth. Da seht's wieder, daß mit mein G'schau nix mehr ist. — Das ist die Midei? Da schau her, ich hab's jetzt für mein' Tochter ang'schaut.

Wiesenbauer. Ist das ein alter Hallodri! (Alle lachen.)

Wirth. Also Midei! — (Aergerlich.) Was sag'st es denn nachher net, daß Du die Midei bist? Also Midei, so gehst halt in Gottesnamen net auf d' Alm — Himmel Sapprament! (Er geht zu seinen Gästen und trinkt aus verschie= denen Krügen.)

Midei (thut die Schürze vom Gesicht und lacht.) So

schnell ist's 'gangen? Manchmal reißt er ei'm doch z'erscht
den Kopf 'runter, eh' er 'n ei'm wieder aufsetzt, aber heut
hat er sich kein Zeit dazu g'nommen.

9. Scene.

Die Vorigen. Brigitt, gleich darauf Anna. Mit Brigitt kommen
mehrere Bauern und Bäuerinnen.

Brigitt (ein altes Mütterchen mit Gebetbuch und Rosen=
kranz.) Bin ich recht da, Leut? Kommen's wirklich da
vorbei?

Wirth. Nix vorbei, da 'rein kommens'! Was
richtige Soldaten sind, die geh'n allemal z'erscht in's
Wirthshaus.

Brigitt. So meinst? Na, nachher wird's schon
erlaubt sein, daß ich da auf mein' Bub'n wart.

Zurufe (von verschiedenen Seiten.) Nur 'rein da, Bri=
gitt! Zu uns setz' Dich her!

Midei (geht an die Thüre und ruft.) Anna! Dem
Hans sein' Mutter ist kommen!

Brigitt. Na, na, ich dank schön, laßt's Euch net
stör'n in Euern lustigen Dischkurs. Ich will da ganz allein
für mich sitzen und warten. Müßt mir's net übel nehmen,
die Freud macht mich verdreht, ich höret gar net, was man
mit mir redt.

Anna (aus dem Hause fliegend.) Mutterl bist da? Ich
darf mich aber doch schon zu Dir setzen, gelt?

Brigitt. Ja freilich, Du schon, Du verstehst mich
ja, denn Du hast ihn auch gern, mein Bub'n!

Anna. Zu was hast denn z' Betbüchel mitbracht?

Brigitt. Weil ich g'radweg's von Wamberg aus der
Kirchen komm', wo ich unserm Herrgott 'dankt hab' für die
große Freud, die ich heut erleb'. Es war ein weiter Weg, ich
hab' tüchtig laufen müssen, aber ich hab' nix davon g'spürt.
Heut bin ich ja wieder jung, heut ist mir ja mein Bub —
mein Hans zum zweitenmal g'schenkt, und ich mein, es wär'
der Tag, wo mir'n sein Vater selig z'erscht in Arm g'legt
hat und hat g'sagt: Mutter, da hast Dein Sohn! Die
Freud und den Stolz, den ich damals in mir verspürt hab,

g'spür' ich heut g'rad so im Herzen. Und fixt es Madl, so wird auch heut, wenn der Hans z'rückkommt, mein Mann selig auf uns 'runterschau'n und zu mir sagen: Mutter, da hast Dein Sohn!

Anna. Geh, Mutter, Du sollst net weinen.

Brigitt. Ach was, das thut ja gut, das sein Freudenthränen! Ich hab schon andere g'weint auch — recht bittere. Weißt Kind, mir i's net zum besten 'gangen. In meiner Jugend hab' ich nix g'wußt von Tanz und Lustbar= keit, und hab' mich tüchtig plagen müssen. Die Leut hab'n mir's nie verzeih'n woll'n, daß ich armes Mad'l mein' Lieb dem reichen Bauernsohn zug'wendt hab'. Seine Leut hab'n 's net zugeben, daß wir heirathen und so hab'n wir halt g'wart, lang, lang, ich war nimmer schön und nimmer jung, wie mich der Peter zum Altar g'führt hat. Aber er hat das alles net g'sehn, denn er hat mich gern g'habt und sein einziger Wunsch ist g'wesen, ein klein's Kindl auf sein Hof z'haben. Aber da sein wieder viele Jahr 'nüber'gangen und viel bittere Thränen g'weint word'n, daß ich ihm net einmal den klein' Wunsch erfüllen kann. bis endlich der Hans doch noch kommen ist. Es war ein Wunder, mein lieb's Mad'l, die Mutter Gottes hat mir'n g'schickt den Bub'n, weil ich's gar so viel bitt hab d'rum. Schon nach 6 Jahren ist sein Vater g'storben, und bis ich ihn da groß zog'n hab, mein, das hat viel Sorg kost und wie's mir'n zu die Sol= daten g'nommen hab'n und wie der Krieg ausbrochen ist und wie die Nachricht kommen ist, daß er g'fallen wär' — (Sie verhüllt ihr Gesicht)

Anna. Aber zu was plagt's Euch denn so? Es war ja ein' falsche Nachricht, er kommt ja heut z'rück, g'sund und stark.

(Es wird Abend.)

Brigitt. Laß mich nur, Mad'l, laß mich nur, man soll im Glück 's Unglück net vergessen. Aber Du hast schon recht, jetzt darf ich mich auch freu'n. Bald kommt er, gelt? Und er ist brav g'wesen, er ist dekorirt word'n, mein Bub! Wird er mich denn net vergessen haben? Wird er sein alte Mutter noch kennen?

Anna (lachend.) Aber geh, er ist ja kein klein's Büberl g'wesen, wie er fortzog'n is!

Brigitt. Ja frei... Freilich. Lach mich aus, Mad'l, haft recht. Und gelt, Du nimmst ihn nicht ganz für Dich, heut'? Du laßt mir'n schon ein Bißl? Weißt, heut' thäts mich schmerzen, wenn er seine alte Mutter über die junge Braut vergessen thät. (Man hört ganz von ferne die Klänge eines näher kommenden Militärmarsches.)

Brigitt. Horch! Was ist? Kommens vielleicht schon? (Alles springt auf und spricht durcheinander.)

Wirth. Ja, meiner Seel! – Bub'n geht's zu, lauft's ihnen entgegen! (Einige von den Burschen ab.)

Wiesenbäuerin. Die Sonn' ist nunter. Jetzt wird man nachher bald die Bergfeuer seh'n.

Burgl. Ja zündens denn Bergfeuer an?

Wirth. Das ist g'wiß, heut freut sich's ganz Landl und die Berg auch.

Anna (zu Brigitte.) Mutterl, mich leid's nimmer, komm mit, wir woll'n ihnen entgegen geh'n!

Brigitte. Ich kann net, mir sind die Füß' brochen vor Freud'.

Burschen und Mädeln (im Hintergrunde). Sie kom= men! sie kommen!

10. Scene.

Zug der Heimkehrenden. Voraus Schulbuben mit Fahnen, dann Dorf= musikanten (Bühnenmusik). Hierauf Michel in Jägeruniform, Anton als Curassier, Florian als Chevauleger, Quirin als Artillerist, zum Schluß Hans in der Unteroffiziersuniform des ersten bayerischen Infanterieregimentes. Alle fünf tragen ihre Habseligkeiten in bunte Taschentücher eingeknüpft und haben die Mützen mit grünem Laub ge= schmückt. Den Zug beschließen Bursche und Mädchen, die den Soldaten das Geleite geben. Mibei stürzt sofort auf Michel, Burgl auf Anton zu, die beiden Paare umarmen sich.

Mibei. Mein Michel!

Michel. Jujuh! Da sind wir wieder in der Heimath!

Hans (ist nur mit dem rechten Arm durch den Aermel seines Uniformrockes geschlüpft, der linke Aermel hängt lose über die linke Schulter. Darunter trägt er den Arm in einer schwarzen Binde und

2

zwar so, daß es aussieht, als wäre ihm der Arm nahe unter dem Ell=
bogen abgeschossen.) (Es sieht wohl am natürlichsten aus, wenn der
linke Arm in einer Schleife am Rücken hängt und so durch den
Waffenrock verdeckt, nicht gesehen werden kann.)

Brigitte und Anna (stürzen Beide mit einem Freuden=
schrei auf Hans zu. Brigitte klammert sich weinend an seine rechte
Schulter, Anna hängt an seinem Halse.

Hans (nach einer Pause, während welcher man nichts hört,
als das Schluchzen der Frauen, gerührt.) Anna! — Mutter!

Brigitt. Mein Bub! Mein Bub!

Anna (im hellsten Jubel.) Weil ich Dich nur wieder hab'
Du lieber, Du schöner, Du — Du — (Sie erblickt den leer
herunterhängenden Aermel der Joppe, stockt, stößt dann einen Entsetzens=
schrei aus.)

Alles (durcheinander.) Was ist's? Was ist g'scheh'n?

Hans (einfach.) Erschrick' nicht. Mein Arm, den hab'
ich bei Sedan lassen, den hat's Vaterland von mir woll'n,
aber mein Herz, das bring ich treu und g'sund z'rück und das
g'hört Dir allein.

Alle (drängen sich theilnehmend um Hans. Bedauerndes
Gemurmel.)

Anna. Was? was? Verwundet? Ein Krüppel?

Hans. Anna, so mußt nicht sag'n, es hätt schlim=
mer werd'n können. Ich geh ja noch g'rad auf meine Füß' und
die rechte Hand hab ich auch noch zum Arbeiten und daß ich
mein Schatzerl an mich druck.

Brigitt. Weilst nur überhaupt da bist, mein lieber
Sohn. Für mich giebt's doch kein schönern, als Dich. Und
wennst auch nimmer arbeiten kannst, so werd ich's für Dich
thun, o Du wirst sehn, es geht schon noch, das Glück macht
mich wieder jung.

Xaver (ist hinter Anna geschlichen und sagt leise und ein=
bringlich.) Nun, kann's jetzt noch Keiner aufnehmen mit dem
schönen, starken Hans?

Hans (reicht Anna die rechte Hand.) Anna! komm
zu Dir!

Anna (schaudert zurück und blickt verstört um sich.) Laßt's
mich! Laßt's mich! Ich muß allein sein! (Ab in's Haus.)

Hans (ihr schmerzlich nachrufend.) Anna! (Es ist mittlerweile dunkel geworden, die Bergfeuer werden sichtbar.)

Einige Bursche. Da schauts hin, die Bergfeuer!

Andere. Am Maxenstein und am Rainthalerschrofen!

Wieder Andere. Auf der Zugspitz brennt's auch — meiner Seel!

Hans. Die Bergfeuer! (Bitter.) Nun — so sag'n mir also wenigstens meine Berg' freundlich Grüß Gott in der Heimath! (In Thränen ausbrechend.) O Vaterland! Vaterland! Du hast mir viel gnommen!

(Aktschluß.)

Zweiter Akt.

Wirthsstube, ein Fenster im Hintergrunde. Vor diesem ein Tisch und
Stühle. In der Ecke rechts eine kleine Tribüne für die Musik mit
blauweißen Tüchern verkleidet. An der Wand die Bilder Kaiser
Wilhelm's und König Ludwig II. von Bayern mit Laubkränzen und
Fähnchen geziert. Im Vordergrunde links und rechts große Tische
mit Holzstühlen.

1. Scene

Anna. Xaver.

Anna (im Arbeitsanzug sitzt am Fenster, Kopf und Arme
auf den vor ihr stehenden Tisch gestützt.)

Xaver (von außen am Fenster.) Anna!

Anna (wie vom Schlaf auffahrend.) Was gibts? Wer
will was von mir?

Xaver. Ich bin's und was ich von Dir will? Dich
sehen, ein bisl mit Dir plauschen, wenn's erlaubt ist. Bist
allein? (Anna nickt.) Was? allein, wo jetzt Dein Bräutigam
z'rück ist? Was wär denn das?

Anna. Bist leicht deßwegen herkommen, um Dein
Spott an mir ausz'lassen?

Xaver. Nein, Anna, das mußt net sagen. Wenn Du
mich auch nie gut behandelt hast, ich bin doch Dein Freund,
Dein aufrichtiger Freund. Armes Mad'l, Du bedauerst
mich!

Anna (bricht in Schluchzen aus.)

Xaver. Ich kann mir's wohl denken, wie Dir ist:
so schön, so stolz, so beneidet von aller Welt und jetzt die
Braut von einem Krüppel! Ein Mensch, der nimmer arbeiten, nimmer raufen, nimmer Cithernschlag'n kann, — —

ein halber Mensch. (Setzt sich auf's Fensterbrett.) Jetzt werden
die Leut nimmer sagen: Die Müller=Anna hat ein Glück,
kriegt so einen stattlichen Mann. Jetzt werden's sagen:
Ist doch recht gut für den armen Teufl, daß er wo hat
unterschlupfen können.

Anna. Wahr! Es ist ja wahr!

Xaver. Warum giebst Dich denn zu so was her?
Ein Mad'l wie Du? Dein Haus ist doch keine Versorgungs=
Anstalt für Invalide.

Anna. Hör auf! Verschon mich!

Xaver. Ich will Dich net kränken, ich sag's nur,
weil ich Dir's gut mein, weil's mich jammert, wie Dir
mitg'spielt worden ist. (Schwingt sich zum Fenster herein und
setzt sich auf den Tisch) Sei net traurig, der Hans ist ja net
der einzige Mann auf der Welt, es giebt noch g'nug, die
Dich zum Weib möchten, hast noch alleweil die Auswahl!
(Leidenschaftlich.) Siehst es, Anna, ich weiß net, was an Dir
ist, das mich immer in Dein' Näh' zieht, aber Du hast
mich rein verhext. Ich bin ein wilder Mensch, für den es
kein Gott und kein Teufel giebt, und im Zorn kenn' ich
mich gar nimmer aus, aber sobald ich nur Deine Stimm'
hör', bin ich kinderfromm und wenn Du mich nur einmal
freundlich anschaust, da könnt ich lachen und weinen in
einem Athem. Anna, Du kannst mich zu allem Guten
bringen, aber auch zu allem Bösen, — geh, sag', rührt Dich
denn eine solche Lieb' net?

Anna. Ich darf nix hör'n von Deiner Lieb'. Der
Hans hat mein Wort.

Xaver. O mein! Ein Wort! Was liegt denn an
solch einem armseligen Wörtel! Das kann man dreh'n und
wenden, wie man will.

Anna. Das mag bei Dir so der Brauch sein, bei
mir nicht. Und wenn ich auch gleich unglücklich werd' —
mein Wort halt ich.

Xaver. Ja, ja, das ist auch recht schön von Dir,
ich will Dich gar net überreden, ich bin schon z'frieden, daß
Du mich einmal freundlich ang'hört hast. Ich will Dir
nur im Unglück zur Seite stehn, als Dein wahrer Freund
— — erlaubst mir das? (Reicht ihr die Hand.)

Anna. Wenn Du's wirklich gut mit mir meinst, so kann ich Dich nicht z'rückweisen. (Weinend.) Ach, ich bin ja so viel unglücklich!

Xaver (mit unterdrückter Leidenschaft.) Das geht vorbei, sei nur g'scheidt, thu' nichts, was Dich reut. B'hüt Dich Gott! Ich dank Dir schön, daß Du so gut warst — o, Du weißt net — na — ich will net aufdringlich sein, ich komm schon wieder. (Ab.)

2. Scene.

Anna. Mibei und Broni von der Seite.

Mibei und Broni (einen Korb mit Tellern und Be= stecken tragend, decken, während der folgenden Scene abwechselnd den Tisch im Vordergrunde.)

Mibei (zu Broni.) Da sitzt sie schon wieder und weint. Daß jetzt über des Unglück gar net wegkommen kann.

Broni (heftig.) Ein Sünd und ein Schand ist's! Mich dauert nur der arme Hans! (Geht zu Anna.) Anna, willst uns net ein wenig helfen, daß Du auf Deine Traurigkeit vergißt?

Mibei. Und nicht einmal anzogen bist, heut, wo bei uns tanzt wird, das ist doch kein G'wand für die Tochter vom Haus.

Anna. Mir ist's schön g'nug.

Broni. Dir schon, aber dem Hans nicht. Das wirst ihm wohl net anthun woll'n und vor allen Leuten zeigen, daß Dir nix mehr an ihm liegt.

Mibei (halblaut zu Broni.) Du! Du! Trau Dir nicht zu viel.

Anna. Ja, wie redst denn Du mit mir?

Broni. Wie mir's mein Herz sagt, daß recht ist. Wenn ich auch nur eine arme Dirn bin, so muß ich Dir doch sagen, daß Du schweres Unrecht thust an dem Hans. Zuerst hat's kein Schönern und kein Liebern net geben, — ja ist er denn nimmer der Nämliche? An Ehren reich ist er z'rückkommen, Du solltest ihm sein Unglück vergessen machen, auf die Händ solltest den armen Bub'n tragen! Wenn ich an Deiner Stell wär — —

Anna (geht auf sie zu und schüttelt sie an beiden Händen.) Du? Du? Was unterstehst Dich? Bist leicht verliebt in Hans, weilst so red'st.

Broni. Ob ich verliebt bin oder net, das ist gleichgültig. Mich mag er ja net, ja wenn er mich möcht — —

Anna. Nachher meinst, hätt er's wohl besser, der arme Bub? (Heftig.) Noch ein einzig's Mal ein solches Wort, nur einen solchen Gedanken und Du schnürst Dein Bündel. Er ist mein Bub, verstanden? Er gehört mir und bleibt mir, daß Du's weißt.

Broni. Ich hab ja nix anders hörn woll'n, ich will ihn ja nur glücklich wissen und d'rum bitt' ich Dich mit aufg'hob'ne Händ, sei gut zu ihm!

3. Scene.

Die Vorigen. Brigitte.

Brigitte. Stör ich net? Darf ich ein Bisl in d' Visit kommen?

Anna (für sich.) Seine Mutter!

Midei. Freilich darfst 'reingeh'n und wann Du mit der Anna vielleicht was Wichtiges zu reden hast, wir können unsern Tisch darnach auch noch richten.

Brigitte. Anna, bleibts nur Mad'ln. Ich hab keine Heimlichkeiten und g'rad das, was ich mit der Anna zu verhandeln hab', das möcht ich am Liebsten vor aller Welt sagen, denn klar muß werden zwischen uns, ganz licht und klar. Komm her, Annerl, laß Dir in die Augen schau'n: hast Du's überwunden? O weh, da seh ich viel durchwachte Nächt' und viel bitt're Thränen. Arm's Mad'l, so stark hat's Dich an'griffen?

Anna (bricht in Thränen aus.) O, Mutter!

Brigitte (geht mit Anna zum Tische rechts, Midei und Broni sitzen links und beschäftigen sich damit, an die Deckel der Bierkrüge kleine Blumensträuße anzubinden.) Komm, setz' Dich her zu mir, ich mach Dir kein' Vorwurf. Ich will Dir nur sagen, daß mein Hans grad so blaß und so traurig umher geht wie Du und das muß ein End' nehmen. Er ißt net, er schlaft net, — vor mir möcht er's wohl verbergen, aber ich hör ihn halt die ganze Nacht und er brauchet sein Schlaf so nothwendig.

Anna. Verzeih!

Brigitt. Geh, was red'st denn, Du hast ja selber g'litten. Er kommt heut her zu Dir und will mit Dir red'n, da bin ich ihm voraus g'laufen. Kannst Du's versteh'n Dirndl, was das ist, wann eine Mutter zu einem andern Weib geht und sie bitt: hab mein Sohn lieb! Ich will ganz vergessen sein, draußen will ich steh'n und durch's Schlüsselloch schauen, wie er Dich herzt, nur die Sorgen und die Arbeit will ich Euch abnehmen, die Freuden laß' ich Euch ganz allein und doch ist er meine einzige Lieb auf der Welt. Verstehst Du das, Mad'l, kannst Du das Opfer begreifen?

Anna. Hör auf, Du zerreißt mir's Herz!

Brigitt. Das will ich net, ich komm ja als Wall= fahrerin zu Dir, dem Gnadenbild'l und sag: Du allein kannst mei'm Sohn helfen. Schau, Du kennst ihn net so, wie ich, Du hast nur sein schönes G'sichterl g'sehn, die große G'stalt, die starken Arm und d'rum meinst, Du mußt verzweifeln, weil ihm was von seiner Schönheit fehlt. Aber für mich ist das das Wenigste. Ich kenn' sein Herz, seine Dankbarkeit, seine Lieb und Treu, und ich sag Dir, das ist viel mehr werth, als die äußere Schönheit und wenn man das kennt wie ich, kann man leicht alles andere ver= schmerzen.

Broni (zu Midei.) Ein Stein könnt's erbarmen!

Midei. Na also, wie ist's denn? Darf ich jetzt das Feiertagsg'wand herrichten? Und des G'schnür und die Halsketten? In ein' solchen Aufzug geht man net mit dem Bräutigam zum Tanz.

Anna (mit plötzlichem Entschluß.) Hast recht, ich will mich schön machen. (Im Ton einen leichten ängstlichen Zweifel ausdrückend.) Und ich kann auch stolz sein, gelt Brigitt? — Ein Jeder denkt so wie Du? — Und wann er auch nur ein Arm hat, so ist er doch ein ganzer Mann.

Brigitt. Das ist er g'wiß und Du kannst stolz sein auf sein' Lieb. Ich geh' jetzt so viel leichter fort, Du glaubst es net, Dirndl. Mir ist's wirklich, als wär' ich

in der Gnadenkapellen g'wesen und die heilige Mutter hätt'
mich erhört. Es ist auch nicht anders. Sie hat auch einen
Sohn g'habt, sie weiß, wie einem Mutterherzen weh' g'schieht.
Also — alio, Du bist gut mit mein Bub'n? Ich brauch
mich nimmer zu sorgen?

Anna. ... Ich versprech Dir's Mutterl.

Brigitte (juchzend.) Jujuh! — — Gel, da schaust,
das hast auch noch net erlebt, daß ein altes Weib juchezt?
Ja, mein Mad'l, die Lieb macht halt närrisch, sogar die
Mutterlieb und das ist doch g'wiß die allerheiligste. Be=
hüt Dich Gott, Annerl! (Ab durch die Mitte.)

Anna. ... Sie hat recht, schlecht wär's von mir,
wenn ich ihn jetzt in seinem Unglück allein ließ — kommt's
Dirndln, helft's mir, ich will mich schön mach'n. (Mit
Broni rasch ab Seite rechts.)

4. Scene.

Wirth, Midei.

Wirth (von rechts.) He! he! he! Wohin denn alle
miteinander?

Midei. Der Hans kommt, die Anna woll'n wir
schön anzieh'n, daß ihm g'fallt.

Wirth. Daß ihm g'fallt — Dummheit! Wenn
nur er ihr g'fallt. Die G'schicht ist mir schon recht z'wider
(auf= und abgehend.) Jetzt hab ich 'glaubt, ich krieg eine tüchtige
Hülf in der Mühl und in der Wirthschaft, derweil krieg
ich einen halben Schwiegersohn. Ein Veteran ist 'was
sehr Schönes, ja einen Invaliden für's Vaterland kann
man nicht genug in Ehren halten, aber in meinem Haus
ist er mir halt z'wider. (Zu Midei.) Na — was stellst Dich
denn her und schaust mich an, wie die Kuh s' neue
Stadelthor?

Midei (wischt an den Augen.) Das ist aber doch arg,
das hab ich net verdient!

Wirth. Jetzt weints schon wieder! Ich weiß net
wie die Madl'n heutzutag sind? Ich glaub' sie thun mir's
mit Fleiß, weil ich das Wasser net leiden kann. Wirst
aufhör'n — — Himmel Sapprament ich gieb Dir a Tachtel
damitst wenigstens weißt, warum Du flennst.

Midei (weinend.) Die Braut von ein Landesver=theibiger ift kein' Kuh.

Wirth. Es ift alles B'ftimmung. — Aber fchau', das ift halt fo ein Sprichwort, ich bin ja auch kein Stadtthor. Alfo fei wieder gut — magft? Schau, wir haben keine Zeit zum Weinen — fo hör' doch auf!

Midei (weint ftärker.) Wenn das mein Michl wüßt, die Schand, die Schand!

Wirth (zornig). Eine Wuth hab' ich, daß ich's gleich durchhau'n könnt! (Milb.) Was muß ich denn thun, daß Du wieder gut bift.

Midei (pfiffig.) Wann mir der Müller den Thaler fchenken thät',, den er geftern eing'handelt hat.

Wirth. Kann der die Schand fortblafen?

Midei. O nein — aber er ift das Pflafter, das man auflegt, damit die Wunde weniger fchmerzt. Wo ift er denn, der Thaler?

Wirth. Na hörft, Du brauchft aber viel Pflafter.

Midei (die Hand ausftreckend.) Wo ift er nachher, der Thaler?

Wirth. Sag' mir nur Mad'l, was thuft denn mit all' dem Geld, das Du mir fo nach und nach abfchwindelft?

Midei. Z'fammenfpar'n auf ein Heirathgut. Ich bin fein eine gute Parthie, mein Michel kann fich gratuliren.

Wirth. Ja ja, ich kann mir auch gratulir'n, wenn Dich Dein Michl einmal hat.

Midei. Wo ift er nachher, der Thaler?

Wirth. In Gottesnamen, da haft ihn! Ich muß nur machen, daß ich weiter komm, denn wenn ich in mei=nem Zorn fo fortred, fo koft' mich das ein Heidengeld. Fertig machen da herin und nachher in die Kuchel fchaun, verftanden? (Geht und wendet fich nochmal um.) Du bift doch fchon die größte Planiftin! (Ab Thüre rechts.)

5. Scene.

Midei, bald darauf Michel.

Midei. Heut einen Thaler und geftern ein Gulden=

ſtückel, wenn's ſo fortgeht, können wir bald heirathen. Wie viel hab' ich denn ſchon bei'nander? (Zieht einen Zettel aus der Taſche und lieſt.) Ein ächtes Geſchnür, eine Halsketten, drei Hemeter, eines mit Spitzeln, ſechs paar Strümpfe, drei haben rothe Zwickeln. An Geld: 36 Gulden 25 Kreuzer. — Jetzt muß ich noch den Thaler dazu ſchreiben (ſchreibt) 2 Gulden 24 Kreuzer (ſieht auf) ich glaub' ſo viel gilt er. (Hebt ihn hoch.) Wie er funkelt! Der wunderſchöne Frauen= bildthaler!

Michel (iſt ſchon früher durch die Mitte hereingeſchlichen und nimmt ihr den Thaler aus der Hand.) Wird annexirt.

Midei. Michl — wirſt mir augenblicklich mein Geld z'rückgeben?

Michl. Fällt mir gar net ein! (Schlägt auf den Tiſch) Kellnerin, eine friſche Maß!

Midei. Mein Geld will ich haben.

Michl. Was z'rückgeben? Das iſt beim Militär nicht Brauch.

Midei. Ich will mein Geld, mein Geld, das ich mir im Schweiße meines Angeſicht's verdient hab'.

Michl (lacht.) Geh lüg net, ich bin am Fenſter g'ſtanden und hab Dir zug'ſchaut, wie ſauer der Ver= dienſt war.

Midei. Das iſt jetzt alles eins, es g'hört einmal mir.

Michl. Und jetzt g'hört's mir, denn ich hab's re= quirirt. Geld z'rückgeb'n? Jamais! wie die Franzöſinen g'ſagt haben, wann man ihnen ein Bußl geben hat.

Midei. Ja, was heißt nacher das?

Michl. Jamais, das heißt: Nur eins?

Midei. Lugenſchippl!

Michl. Kuſch! Kuſch! (Drückt ſie auf einen Stuhl.)

Midei. Ja wie red'ſt denn Du mit mir?

Michl (ſtolz.) Franzöſiſch!

Midei. Red' deutſch mit mir, iſt geſcheidter.

Michl. Ja, das glaub' ich, weil Du ſonſt nix ver= ſtehſt, aber Du mußt Dich jetzt ſchon d'ran g'wöhnen

Wenn Du ein bisl Bildung hätteſt, müßteſt überhaupt
wiſſen, daß das Franzöſiſche erſt aus dem Deutſchen g'macht
worden iſt. Zum Beiſpiel: J moan ſcho a (ſpricht es recht
weich und gedehnt aus, daß es etwa wie „mon joie" klingt.) Das
hab' ich von die Franzoſen hundertmal ſagen hörn.

Midei. Geh weiter! Alſo könnt unſereins die
Sprach ganz leicht lernen?

Michl. Na freilich — ich hab's in acht Tag g'lernt,
die ganze Wix. Es gibt gar nix leichter's. Poß auf:
Sakra, des heißt auf franzöſiſch — Sakrrrr! Ein Glas
Bier heißt: un boc, der Regenſchirm heißt: Paraplui, das
Dirndl heißt Mamſell — — das heißt g'ſchrieben wird's:
Mamſell, geſprochen wird's: Mad—mo—iſele.

Midei. Geh, lüg' mich net an, das ſind ja lauter
deutſche Wörter!

Michl. Das iſt's ja, was ich all'weil ſag, daß der
Franzos Alles von uns g'ſtohlen hat, ſogar die Sprach! —
Weißt wie ich auf franzöſiſch heiß? Der deutſche Mann:
Un Sauerkraut-Freß!

Midei. Nein? Iſt's möglich? (Ihn ausholend.) Und
wie habt's hernach mit die Mad'ln g'redt?

Michl. Da iſt gar nix g'redt word'n, bloß deut!
O wir haben uns recht gut verſtanden.

Midei. Ja, wie denn?

Michl (prahleriſch.) Das werd' ich Dir gleich expliziren,
ich bin mit meinem Herrn Hauptmann in Meudon einquartirt
auf einem wunderſchönen Schloß, ſehr ſchön von außen, aber
drinnen weißt' nicht einmal das, was man in's Haus braucht.
Ich ſuch' mir das Stubenmad'l auf, auf der Stiegen begegnet
ſie mir. Sie hat wunderſchöne ſchwarze Guckerln und iſt
für eine Feindin ſehr zuthunlich. Alſo Du biſt die Mam=
ſell. Ich ſtürz auf ſie zu: Mamſell, wir brauchen un lavoir
(Er macht die Bewegung des Händewaſchens.) un — Schachterl
Zündhölzer (macht die Bewegung des Anſtreifens) un .. Stiefel=
zieger, (entſprechende Bewegung) un Kikeriki zum manger,
Bewegung des Eſſens) recht viel zum boire (Bewegung des
Trinkens.) So — das brauch ich für meinen Herrn. Und
für mich — — — (Er ſchlingt den Arm um Midei, ſchaut ſie
verliebt an, legt die Hand auf's Herz und ſeufzt ein paar Mal tief auf,

dann nach einer Pause.) Aber die Mamsell is fein net so
tralawatschet dag'standen wie Du?

Midei. Net? Wie denn nachher?

Michel. Paß auf! (Stellt jetzt die Französin vor, kolet=
tirt nach rechts und links, thut als ob er am Schürzenband zupfe, sagt)
mais non, non, non! Ah! (Er fliegt Midei stürmisch an den
Hals, so daß er sie ganz bedeckt.)

Midei (ihn abschüttelnd.) Und so macht's ein bayrisches
Dirndl! (Giebt ihm eine Ohrfeige.) Du schlechter, miserabler
Bub, so hast Du Dein Wort g'halten?

Michl (hält die Backe.) A.. jetzt krieg ich gar eine
Watschen! — A.. — Ich hab Dir ja nur zeigen wollen,
daß ich französisch kann.

Midei. Ja leider Gottes, daß ich das weiß. Ich
will von Dir nix mehr wissen und jetzt giebst mir auf der
Stell mein Thaler z'rück.

Michel ... mais — —

Midei. Mein Frauenthaler will ich haben!

Michel ... mais — —

Midei. Was meckerst denn so? Du redst ja net
mit die Schaf!

Michel. Ungebildetes Geschöpf! Das heißt sie
meckern, wann ich französisch red'.

Midei. Daß Du's weißt, mit uns ist's aus.

Michel. So? Wirklich? (Gerührt.) Dann behalt ich
den Thaler zum Andenken an mein' verlornen Schatz. Es
war ein liebes, ein braves, ein herzensgutes Mad'l — Gott
hab's selig.

Midei. Ich bin ja net todt! — — — (Lacht.)
Du bist doch ein schrecklicher Kerl!

Michel. Na jetzt lachst ja wieder — hast recht
Muckerl, des war ja Alles nur G'spaß mit der Mamsell,
komm her, besiegeln wir die Versöhnung mit einem Bußl.
(Küßt sie.) — So und jetzt zeig, daß Du die Braut von einem
Landesvertheidiger bist, marschieren wir jetzt schön militärisch
dort hinein. Eins, zwei — eins, zwei! Parlez vous fran-
cais, Geschnitt'ne Nudeln im Kaffee! (Ab Thüre rechts.)

6. Scene.

Hans.

Hans (durch die Mitte, hat seine Uniform abgelegt, trägt die Bauernjoppe und den grünen Hut.) Ist Niemand um den Weg? Ich will dort an die Thür' klopfen, vielleicht ist die Anna d'rinn.

7. Scene.

Hans. Anna.

Anna (nach einer kleinen Pause im Festanzug, von rechts — zaghaft.) Du willst mit mir sprechen?

Hans. Ja, ein ernstes Wort, Anna. Ich hab' Dich um Verzeihung z'bitten.

Anna. Du — mich?

Hans. Ja. Es wär' mein' Pflicht g'wesen, daß ich Dir damals, wie mir das Unglück passirt ist mit meinem Arm, es gleich zu wissen gethan hätt' und hätt' Dich frei geben. Ich will Dir sagen, wie es 'kommen ist, daß ich's unterlassen hab: — Siehst, zuerst bin ich Wochen lang im Fieber gelegen und nachher, wie ich wieder bei Vernunft war, da hab' ich keinen Menschen g'habt, der Dir das so beibracht hätt, wie ich g'wollt hab'; ich selber hab' mich net rühren dürfen und Du weißt's ja, mit dem Schreiben kann unsereiner auch net so gut umgeh'n. So hab' ich's halt aufgeschoben und aufgeschoben, bis ich wieder g'sund war und hab' mir denkt, bringst ihr die Trauerbotschaft selber, nachher kannst gleich seh'n, ob sie Dich wirklich so gern hat. Na — ich hab' mir genug g'seh'n. Du bist blaß worden und hast Dich abg'wendt von mir, so daß ich mir sagen hab' müssen, Sie hat nur den stattlichen, gesunden Hans mögen, vom Krüppel will sie nix mehr wissen.

Anna. Bedenk doch nur die Ueberraschung. Es ist ja über mich 'kommen, wie ein Blitz aus blauem Himmel, — Du mußt mich net ganz verdammen.

Hans. Ich verdamm' Dich überhaupt net, dazu hätt' ich kein Recht. Aber weh hat's mir 'than, bitter weh und ich bin heim'gangen und hab' bis heut keinen andern Gedanken g'habt, als was jetzt geschehen soll, zu Deinem und meinem Besten. Nach vielen schlaflosen Nächten bin ich endlich zu dem Entschluß 'kommen, Dir Dein' Ring z'rück zu geben, (streift ihn mit den Lippen vom Finger.) da hast ihn. Ich dank Dir für Deine Lieb, wenn sie auch net ächt war, so hab' ich doch d'ran 'glaubt und hab' in dem Glauben viel schöne Stunden erlebt.

Anna. Hans — um Gotteswillen, das wirst mir doch net anthun? Denk nicht gar so g'ring von mir. Es ist wahr, ich bin eitel und mein Stolz ist bitter nieder= g'schmettert worden, aber laß mir nur Zeit, daß ich mich an das Unglück g'wöhn — ·-· nachher wird ja Alles recht werden. Ich g'hör Dein und bleib' Dein — Du mußt nur Geduld mit mir haben.

Hans. Anna! überleg Dir die Sach recht. (Fest) Ich laß nicht mit mir spielen und Weiberlaunen könnt' ich nicht ertragen. Besonders nicht, da sie mich immer an mein Unglück erinnern und ich mir all'weil den Vorwurf machen müßt: warum hast Du das schöne Mad'l an Dich g'fesselt? Siehst, ich war ein junger, übermüthiger Mensch, wie ich fortzogen bin, aber der Krieg macht Einen zum Mann. Vielleicht nicht Jeden, bei mir war's so. Wenn man so viel Elend g'sehn hat, so viel Blut und Thränen, so viel Haß und Verrath, da schaut man in mancher Nacht zum Sternhimmel auf und sagt sich: Ist's denn möglich? So kurz ist das Leben und der Mensch verbittert sich's selber. Und da ergreift Einen am Schlachtfeld, mitten unter den todten Kameraden eine Sehnsucht nach daheim, nach Ruh und Frieden, nach dem Weib, das man im Herzen tragt und man hat nur mehr den einen Wunsch: glücklich z'werden und glücklich z'machen.

Anna. Ich weiß, daß Du mich gern hast und d'rum wirst mir auch das eine Mal verzeihen können. Ich hab' heut' den ganzen Tag so viel g'weint über mein Schicksal, aber jetzt ist mir wieder ganz froh zu Muth. Es wird schon geh'n, probiern wir's nur miteinander. Da hast Dein Ring z'rück und wann Dich manchmal der Unmuth packt, so mußt Dir halt denken, daß Deine Braut ein kindisches Mad'l ist — ich werd' mich schon ändern, g'wiß!

Hans. Ja freilich bist noch ein Kind und brauchst Einen, der Dich stark und sicher durch's Leben führt. Glaubst Du, daß das der arme Hans mit seinem einen

Arm noch kann? (Anna nickt.) Na, so komm her und laß
Dir jetzt zum ersten Mal Grüß Gott sagen in der Heimath.
(Er küßt sie. Sehr bewegt.) O Anna, es wär mir schwer
'worden, von Dir fort zu gehn, Du glaubst's net, wie schwer!
Aber jetzt stell' meine Lieb auf keine harte Prob', bedenk', daß
jeder Mensch sein wundes Fleck'l hat, wo er kein rauhes
Anrühren verträgt; bei mir ist's — das da! (Er deutet auf
seinen verwundeten Arm.) (Man hört näher kommendes Jauchzen.)
Was giebt's denn?

Anna. (Heiter.) Die Bub'n und Dirndln kommen
zum Tanz — weißt denn Du nichts davon? Tanzt wird, Euch
zu Ehren und jetzt bin ich wieder so froh und lustig —
jetzt sollt mir Einer 'was sagen über Dich — dem käm' ich!

8. Scene.

Wiesenbauer, Bäuerin, Burgl, Resl, Xaver. Burschen und Mädchen,
zum Schluß die Dorfmusikanten aus der Mitte. Michel und Midei
von der Seite, hinter ihnen der Wirth und Vroni.

Michl. Seid's endlich da? Das ist g'scheidt, jetzt
kann's gleich losgeh'n.

Xaver. Durst bringen wir mit! — Wirth ist der
Banzen herg'richt?

Wirth. Ja, gehts nur erst 'rein. So viel könnt
Ihr gar net trinken, als ich herg'richt hab'.

Anton. Oho, das wär ein G'spaß!

Wirth. Also Midei, Vroni, g'schwind Krüg her,
tummelts Euch.

Burgl. Ja, ich hab' 'glaubt es wird tanzt? Gelt
Anton, Du tanzt mit mir!

Cenzi. Du wirst es erwarten können!

Michl. Mir eine Maß! — Kellnerin wo bleibt
mein Bier?

Midei (schnippisch.) Ich bin keine Kellnerin, ich bin
die Sennerin

Michl. Jetzt sind wir net auf der Alm, jetzt sind
wir im Wirthshaus. Bier her! — toute suit! Heut' bin
ich nobel! Heut' hab' ich einen ganzen Thaler zum Vertrin=
ken, wann Durecht g'schmach bist, fallt schon noch ein Trink=
geld für Dich ab!

Midei (nimmt ihn bei den Ohren.) O Du nixnutziger Ding!

Michl (schlingt den Arm um sie, küßt sie lachend.)

Wirth. Ja, was wär denn das? Wird heut' gleich mit dem Scharmutziren ang'fangt?

Michl. Na, das geht Alles nach altem Brauch: zuerst wird trunken! —

Cenzi Nachher g'sungen!

Burgl. Nachher tanzt!

Xaver. Nachher busselt!

Michl. Nachher g'rauft.

(Alles lacht.)

Hans. Also fangt's nur einmal an!

Michl. Fangen wir gleich mit Nummer zwei an. Aufg'spielt Musikanten. Ganz neue Trutzliedeln, feine, noble, die Ihr Bauern gar net versteht.

Sepp. Oho! Jetzt Den schau an!

Franz. Ist er vielleicht kein Bauer?

Alle Burschen (auf Michl eindringend.) Grob wenn Du wirst, nachher kommen wir Dir schon!

Sepp. Der meint, er ist 'was Besser's!

Michl. Pst! pst! pst! Z'ruck da! Fuchtelt mir nicht so umeinander, sonst lang ich mir ein Paar 'raus und hau die Andern damit durch. (Gelächter und Protestrufe.) Ochsen einspannen und hinterm Pflug herlaufen, das ist keine Kunst, aber Schlachten g'winnen, Kartoffel stehlen, wenn die feindlichen Vorposten schon auf den Kartoffelacker schießen, mit Klavieren einheizen, wenn man keine Spän' mehr hat, — ein Mad'l b'suchen, das die Tochter von ei'm feindlichen Franctireur ist, das sind Thaten, da g'hört Courasch dazu! da muß man sagen: Hut ab vor ein solchen Mann.

Sepp. Man möcht' meinen, er hätt' den Krieg ganz allein g'wonnen!

Michl (gutmüthig.) Na, na, allein net, es sein schon noch ein Paar dabei g'wesen, — (kräftig) aber mit solche Kerln wie Ihr

3

seid, hätt' der Bismarck nix machen können. — Also auf-
g'spielt Musikanten!

(Musik.)

Und das Schönste im Leben
Das ist der Cuirassier
Und der mag keine Mad'ln
Und der trinkt halt kein Bier.

Anton (spricht während des Nachspiels.) Da wär er
dumm. Je — der möcht uns frozzeln, na wart nur! (singt.)

Ein bayrischer Jäger
Fliegt g'rad aus ei'm Haus;
Weil er 's Mad'l hat buffelt,
Schmeißt der Vater ihn 'raus.

Mibei (spricht.) Was? Ist das wahr?

Michl. Lauter Lügen!

Alle (lachen.)

Florian. Und sie thun nix als schießen

Aber treffen thun's nie
Die stolzen Kanoniere
Von der Artillerie.

Quirin (spricht.) Je — so Einer möcht mich auf-
zwicken! (singt.)

Die Chevauleger und Gendarmen
Kennt man net von einand'
Vor Euch laufen b' Spitzbub'n,
Das macht 's grüne G'wand.

Michl (spricht.) Paß auf Hans, Du sollst auch net
leer ausgeh'n:

Und alleweil laufen
Muß der Infanterist,
D'rum ist er so hungrig,
Daß er Alles z'samm frißt!

(Durcheinander.) Das ist ein frecher Kerl! Laß Dir's
net g'falln Hans! gieb's ihm! gieb's ihm!

Hans (singt.)

Hört's auf mit dem Frozzeln,
Jetzt sind wir wieder z' Haus,

Laßt's mich mit die Soldaten
Und Trutzliedeln aus.

Michl. Je — ich hab' g'laubt, er wird mich nieder=
schlag'n. Anton — paß' auf, jetzt geht's auf Dich! (singt.)
Der Soldat muß requiriren.
Das ist ein' alte G'schicht,
Und jetzt papp ich Dein Madl
Ein Bußl in's G'sicht!

(Er küßt Burgl, diese schreit auf, es entsteht eine harmlose Rauferei,
wobei Michl an die Luft gesetzt wird.)

Anton (mit aufgestrecktem Aermel nach vorne kommend.)
So, der wär' draußen, der traut' sich heut nimmer 'rein,
da wett' ich!

Michl (steigt beim Fenster herein.)
Ihr Bauern! Ihr Loder!
Wollt's gar so g'scheidt sein,
Bei der Thür werft's mich 'naus
Beim Fenster komm' ich 'rein.

(Alle lachen, Anton will auf Michl zu, wird aber von den Andern
zurückgehalten.)

Burgl (zu Anton.) Geh' laß ihn geh'n, den wüsten
Ding. Tanzen wir jetzt, ist g'scheidter.

Michl. Ja wohl, tanzt muß werden, ein' Schuh=
plattler und ein' Neubahrischen d'ran!

(Tanz.)

Nach dem Tanz

Xaver (zu Anna.) Ja, was wär denn das? Die
Müller Anna, das schönste Mad'l, bleibt sitzen! Warum
tanzt denn net mit Dei'm Schatz? (Mit einem Blick auf Hans.)
Ja so — au weh! da hab' ich net d'ran denkt. Jetzt ist's
freilich mit dem Vergnügen für Dich aus — arm's Mad'l.

Hans. O mein, ich wehr's der Anna nicht, sie soll
tanzen, mit wem's mag.

Anna (aufgeregt.) Nein — des ist net Brauch und
ich will von die Dirndln net bedauert sein. Aber warum
tanzt denn Du net mit mir? Zum Tanzen brauchst ja
nur Deine Füß — die sind ja g'sund alle zwei — so tanz
halt einmal mit mir!

Hans (ruhig.) Schau Anna, des müßt schlecht aus=

schau'n. Die Leut thäten mich auslachen und ich selber müßt mir's übel nehmen.

Anna. Das seh' ich gar net ein. Ich kann doch net als Dein Weib hinter'm Ofen hocken und die Andern zuschau'n? (Bittend.) Wenn Du mich ein Bisl gern hätt'st, nachher thätst mir den G'fall'n.

Hans (aufbrausend.) Anna! (sich bezwingend.) Was Du von mir verlangst, kann ich net thun, wenn ich mich net selber verachten müßt. Aber Du sollst meinetwegen kein Vergnügen einbüßen. Ich bitt' Dich recht schön, tanz mit dem Xaver, thu's mir z'lieb'.

Xaver. No — wenn's dem Hans recht ist, mir thust einen G'fall'n damit. Darf ich? darf ich? Juhu! Aufg'spielt Musikanten! (Wirft seine Geldbörse zurück.) Da habt's mein ganzes Vermögen, spielt's uns einen Landler auf, aber uns zwei ganz allein.

(Musik.)

(Anna tanzt mit Xaver, die Uebrigen stehen im Halbkreis herum. — Plötzlich stößt Anna Xaver zurück und wirft sich schluchzend auf eine Bank.)

Anna. Nein — ich mag net! Ach ich bin ja so unglücklich!

Hans (tritt in die Mitte.) Halt! Musikanten, still jetzt und laßts mich reden! — Anna, ich weiß was in Dir vorgeht und warum Du jetzt weinst in Deinem kindischen Trotz. Es reut Dich, daß Dein Ring net wieder z'rückg'nommen hast. (Nimmt ihn mit den Lippen vom Finger, wie früher und wirft ihn hin) Da ist er! Ein Mad'l, wie Du, paßt nicht zu einem Mann, wie ich bin. Du sagst, Du hätt'st mich gern — das kann schon sein, aber auf Deine Art, so lang Du Staat hast machen können mit mir. Schöne Kleider, Tanz und Lustbarkeit, das G'red von die Leut, das war Dir Alles mehr werth, als ich. (Mit Gefühl) Meine Lieb aber war stark und treu. An dem Schreckenstag, wo mir der Arm wegg'schossen ist 'worden, da hab' ich innerlich g'jauchzt und hab' g'sagt: Herrgott ich dank' Dir! Weil Du mir nur 's Leben g'lassen hast, weil ich sie nur noch einmal wiederseh'n kann! (Bitter.) Ich hab' Dich wieder g'sehn — ja wohl — aber ich hab' auch g'sehen, daß Du meine Lieb net verstehst, daß Du meiner net werth bist.

— Ich mach' Dir kein' Vorwurf, Du kannst nix für Dein' Natur und wenn auch Du den Muth net hast, Dich von mir loszusagen, ich hab' ihn, und als Mann, der seine Pflicht kennt, sag' ich Dir jetzt: Du bist frei und sollst mich nimmer seh'n. (Wendet sich zum Gehen.) Nur wenn Dir weh' g'schieht, wenn einer den Finger aufhebt gegen Dich, nachher ruf' mich und Du sollst seh'n, daß ich Dein Freund bleib' und daß ich mit meinem einen Arm noch all'weil so viel Kraft hab', Dich zu beschützen gegen eine ganze Welt. B'hüt Dich Gott!

Anna (ist während der Rede des Hans auf einen Stuhl im Vordergrund gesunken und zeigt sich von den Eindrücken derselben sehr bewegt und niedergeschmettert.)

(Aktschluß.)

Dritter Akt.

Großartige Gebirgslandschaft (felsig), einzelne schwarze Tannen ragen auf. Im Hintergrunde sieht man ganz entfernt einen Wildbach. Stege und Geländer sind angebracht. Etwas mehr nach vorne die Almhütte, praktikabel zum Einsturz, hinter dieser über einander gethürmte Felsen. Rechts vor der Hütte eine Bank mit Milchschüsseln, links zwischen Tannen ein Baumstumpf zum Niedersitzen.

1. Scene.

Midei, bald darauf Xaver.

Midei (beschäftigt sich mit dem Abwaschen von Schüsseln und singt.)

Sennerleb'n — freies Leb'n,
Kann doch kein schön'res geb'n,
Weil man so nah, ganz g'wiß,
Dem Himmel is',
Und doch, Ihr lieben Leut',
Spür' ich nur wenig Freud',
Mein Schatz is' fern von hier,
Is' net bei mir.   Dulie 2c.

Xaver (singt hinter der Scene.)

Mein' liebe Sennerin,
Hast denn jetzt nix im Sinn
Als Weinen und Traurigkeit —
Das is' net g'scheidt.
Richt mir ein Bußl her,
Hab' g'spürt schon lang kein's mehr,
Und das is' so viel gut,
Weiß ja, wie's thut.   Dulie 2c.

Midei. Wer kommt denn da 'rauf? Vielleicht gar der Michel? (Enttäuscht.) Du bist es? Jetzt hab' ich schon 'glaubt — ja was führt denn Dich da 'rauf?

Xaver. Sollt' das vielleicht ein freundlicher Empfang sein, wenn man zwei Stunden 'rauf steigt zu Euch.

Midei. Wer hat Dir's denn g'schafft? Die Anna wird kein' b'sondere Freud' d'rüber haben, glaub' ich all'weil.

Xaver. Die Anna, das hast errathen, wegen ihr komm ich.

Midei. Das könnt ein Blinder seh'n, da bild ich mir nix d'rauf ein.

Xaver (sett sich zu ihr.) Ist es wahr, was die Leut' sagen, daß die Anna auf b' Alm 'gangen ist, weil sie dem Hans aus'm G'ficht kommen will?

Midei. Na freilich und dem G'red von die Leut auch. Ich bin kein' reiche Bauerstochter, sondern nur eine arme Dirn, aber ich thät' mich weiter net schämen, wenn mir Einer den Ring so hinwerfet vor die Leut. Ich steiget ja so hoch 'rauf, wo's gar keine Menschen mehr giebt, am liebsten bis in Mond; wenn's wahr ist, daß es dort Berg giebt, nachher werden Almhütten auch droben sein.

Xaver. Und wie tragt sie denn ihr Leid? Was red' sie? Was thut sie?

Midei. Die Anna? Da kennst sie schlecht, wenn Du glaubst, daß sich die viel anmerken läßt. Recht z'wider ist sie halt die meist' Zeit. nix kannst ihr recht machen, über Alles raisonnirt sie; — weißt — g'schadt hat's ihr net, daß ihr der Hans den Denkzettel 'geben hat, die hat vor Stolz und Uebermuth schon nimmer g'wußt, wo aus und wo ein.

Xaver. Meinst es ist wirklich aus mit die Zwei? Glaubst, sie kommen nimmer z'samm'?

Midei. O g'wiß net. Ist schon möglich, daß sie wieder möcht, sie weiß ja net, was sie will, aber der Hans hat Charakter. Der bleibt fest, da verwett ich mein' Kopf.

Xaver. So? Nachher könnt's ja mit der Zeit einen Andern gern hab'n?

Midei. Und der Andere, der wärst Du? Gelt? Ich weiß net — (lacht) es ist Alles B'stimmung auf der Welt, sagt der Müllerwirth.

Xaver. Was meinst denn Du? Wie redt sie denn von mir? Freundlich?

Midei. Na, das kann man g'rad net sag'n. Loder und Haberlump sind noch die schmeichelhaftesten Namen, die sie Dir giebt, — na, das darf Dich net beleidigen, sie schimpft jetzt über die ganze Welt. (Entfernt sich von ihm.) Wenn er nur weiter ging, der verliebte Gischpel, ich hab' kein' Zeit zu dem Dischkurs. Was thu ich denn nur? — A, ich weiß schon, wie ich ihn weiterbring. (Sie setzt sich wieder zu ihm.) Ich wüßt schon ein Mittel, daß sie Dich gern haben könnt', ja gern haben müßt, ein Sympathie= mittel — aber Du glaubst ja an solche Sachen net.

Xaver. Na, so sag's nur, Dein Mittel.

Midei (wichtig.) Am Wetterstein wachst ein Kraut — (Sieht ihn an und bricht ab.) Na, na, ich sag's net, Du lachst b'rüber.

Xaver. Ich lach' net, so sag's nur einmal.

Midei. Wenn Du mir heilig versprichst, daß Du net d'rüber spott'st, nachher sag' ich Dir's, denn weißt, bei solchen Sachen ist der Glauben die Hauptsach'. Wenn man d'ran glaubt, so ist Einem schon halb g'holfen.

Xaver. Ich glaub ja b'ran, ich schwör' Dir's, so sag's nur einmal.

Midei. Also paß auf! Am Wetterstein wachst ein Kraut, das hat kein' Namen, schaut aus wie ein Bohnen= kräutl und ist doch kein's. Die nämliche Farb', schön lind und ausg'franst und wenn Vollmond ist, wachsen rothe Beeren d'ran. Aber selten kommt's vor, ich hab' noch kein's g'sehen. Das sollt' man halt finden, absieden und der Anna zum Trinken geb'n — da muß sie Dich lieb' hab'n und wenn sie sich mit Händ' und Füß' wehrt — sie muß.

Xaver (aufgeregt.) Man kann's ja probieren, wenn's nix hilft, so schadet's nix.

Midei. Na, na, so darf man net sagen, man muß b'ran glauben, sonst hilft's nix, hat mein Großvater g'sagt.

Xaver. Und Dein Großvater war ein g'scheidter

Mann. Midei — ich mach mich auf den Weg und wenn ich das Kräutl find' —

Midei. Nachher geb' ich's der Anna ein; ja, ja, Du kannst Dich auf mich verlassen.

2. Scene.

Die Vorigen. Burgl.

Burgl. A, da giebt's ja G'sellschaft, das ist g'scheidt. In meiner Hütt'n ist mir's zu langweilig 'worden, ich komm zu Euch auf B'such.

Xaver. Das thut mir leid, ich muß schon wieder fort.

Midei. Halt ihn net auf, er muß 'was suchen.

Xaver. Etwas, das ich verloren hab'.

Midei. Ja s' Schnupftüch'l hab'n wir verlor'n. (Lacht.) Komm mit, Xaver, ich zeig Dir den Weg, wo Du's finden kannst, ich muß so nach dem Vieh schau'n. (Midei und Xaver ab über den Steg.)

3. Scene.

Burgl. Bald darauf Michl.

Burgl. Die waren aber jetzt spaßig — g'rad als — als wenn's allein hätten sein woll'n. Da schau her, die Midei, das hätt' ich jetzt net denkt von der. (Man hört juchzen.) An Juchezer — jetzt krieg ich also doch noch G'sellschaft, das ist g'scheidt.

Michl. Midei — ich bin's, Dein Michl.

Burgl. Ja, aber ich bin net Dein Midei.

Michl. Jesses, die Burgl! Ist die Midei net daheim?

Burgl. Nein, sie ist fort, nach dem Vieh schau'n. (Für sich) Soll ich's ihm sagen, daß der Xaver da war? Na, die Mad'ln müssen doch all'weil z'sammhalten. (Laut.) Mußt halt derweil mit meiner G'sellschaft vorlieb nehmen.

Michl. Ist mir net z'wider, bist ja ein g'schmaches Mad'l.

Burgl. Ist das wahr?

Michl. Hast einen guten Humor —

Burgl. Das ist wahr, mich g'freut mein Leben.

Michl. Mich auch, firt, da passen wir schon z'samm'. Du bist net dalket, verstehst ein G'spaß. (Er nimmt sie um die Taille.)

Burgl (schlägt ihn auf die Hand.) Oho — da bist g'stimmt.

Michl. Also bist doch dalket?

Burgl. O nein, aber solche G'spaß versteh' ich net. Das wenn mein Anton wüßt, da thät'st anders spitzen.

Michl. Spitzen — das kann schon sein, aber anders auf kein Fall.

Burgl. Geh, Du bist ein Dalkentippl!

Michl. Und Du bist ein sauberes Mad'l. Geh' her, daß Dir ein Bußl geb'n. (Will sie küssen.)

4. Scene.

Die Vorigen. Midei.

Midei (ist schon früher aufgetreten, und schiebt sich im Augenblick des Küssens zwischen die Beiden, so daß Michels Kuß auf sie fällt.)

Michl. Sapprament, Du beißt ja.

Midei. Ich werd' Dir gleich buffeln, Du keckes Mannsbild! Aber das ist noch das Wenigste, davon will ich noch gar net reden, die Männer sind ja alle miteinander leichtsinnig, doch was soll ich von einem Mad'l sagen, das einen Schatz hat und sich doch von einem Andern buffeln laßt. (Geht auf sie zu.)

Burgl (weicht zurück.) Ich hab' mir 's ja net g'fallen lassen!

Midei. Weil ich dazu kommen bin — gelt? (Verfolgt Burgl.)

Burgl (flüchtet hinter Michel.) Du darfst 'was sagen; mit Dir und dem Xaver ist es selber net sauber.

Midei (auffahrend und Burgl verfolgend.) Du Lügnerin, Du Heuchlerin, Du wüste! Du kecke! Du — Du — ich find keine Wort', mein' Verachtung auszudrücken.

Michl. Das merk' ich net, daß keine Wort' find't.

Midei. Fort! Mach, daß Du in Deine Hütten kommst, oder ich zeig' Dir den Weg!

Burgl (die der Verfolgung, um Michl herum, ausweich.) Bemüh' Dich net, ich find ihn schon selber. (Zu Michel.) Redst Du gar nix, Du Pantoffelritter?

Michl. Ist net nothwendig, sie redt ja für mich.

Burgl. Gelt, platz fein net vor, Gift und Gall'! Wär' net der Müh' werth, wegen einer solchen Kleinigkeit, wegen einem Bußel! (Lachend ab.)

Midei (will ihr nach, zornig hin und her laufend.)

5. Scene.

Michl. Midei.

Michl. Da hat's recht, die Burgl, 's ist net der Müh werth! — — Na, — was rennst denn all'weil um= einander, wie ein' Lokomotiv?

Midei. Ich hab' einen fürchterlichen Zorn in mir, ich muß mich z'erscht ausschnaufen, sonst setzt es 'was.

Michl. Na, na, nachher renn' nur zu, ich kann schon warten.

Midei. Michl, Du bist ein schlechter Kerl — sieh'st es ein?

Michl (dumpf.) Ich seh' Alles ein.

Midei. Daß Du grundschlecht bist?

Michl (wie oben.) Ich seh's ein. (Mit einem Seufzer.) Pfui Teufel, bin ich schlecht!

Midei. Na, — nachher will ich Dir verzeih'n und will Dir das Bußel geben, das Du Dir bei der Burgl hast ausleih'n woll'n.

Michl. Ich thät's net.

Midei (auffahrend.) Net?

Michl. Ich net, ich bin halt net so großmüthig. Na also Midei, jetzt sind wir wieder gut, was gieb'st mir jetzt zur Versöhnung? Müd' bin ich, und hungrig bin ich von dem weiten Weg.

Midei. Was magst denn? Milli, oder Butter, oder ein' Schmarrn?

Michl. Bier habt Ihr kein's da heroben?

Midei. Geh', Du närrischer Ding!

Michl. Oder — oder ein Rabi? (Rettig.)

Midei (lachend.) Auch net!

Michl. Weißt 'was — nachher machst mir Würschteln in Essig und Oel!

Midei. Du bist ein heikliger Tropf. Seid Ihr in der Stadt so verwöhnt worden? Also einen Schmarrn koch ich — ist Dir's recht?

Michl. Nein, laß' sein, gieb mir lieber ein Bußl, das ist mir nach dem Bier und die Rabi und die Würschtl noch 's Liebste.

Midei (lachend.) So jetzt kriegst gar nix. — Aber jetzt sag' — wie geht's Dir denn all'weil? Hast es denn ausg'halten ohne mich? Ich ärger' mich ja so viel, daß mir der Lugenschippel, der Müller net Wort g'halten hat. 'Rauf hab ich müssen auf d'Alm, obwohl er mir's so fest versprochen hat, daß ich drunt' bleib'n darf.

Michl. Ja, — er ist der Meinung, daß das Vieh vor Sehnsucht nach Dir sterben müßt.

Midei. Dann ist das Vieh anhänglicher, als Du, denn Du hast die Trennung recht gut ausg'halten.

Michl. Da bist g'stimmt. Kennst Du das schöne Lied: (Singt.)

Und es ist halt so schwer,
Auseinander zu geh'n,
Wenn die Hoffnung nicht wär,
Auf ein Wieder=, Wiederseh'n.

Midei. Na, es ist doch recht schön von Dir, daß Du mich b'suchst da heroben.

Michl. Gelt, das ist schön von mir? — Ja weißt, der Müller schickt mich 'rauf —

Midei. So? Ich hab schon 'glaubt, die Lieb zu mir hat Dich nimmer schlafen lassen.

Michl. Ja, da hast recht. Wenn ich auf d'Nacht net meine vier Maßl trink, kann ich vor Lieb kein Aug zu thun.

Midei. O Du, hallodri! — Also red', was hast für ein' Auftrag vom Müllerwirth?

Michl. Die Anna sollt wieder 'nunter kommen.

Midei. Ja, warum denn?

Michl. Weil er Angst hat um sie.

Midei. Jetzt so was! Sie ist ja nur 'rauf, daß sie dem Hans aus'm G'sicht kommt und weil sie sich schämt vor die Leut' —

Michl. Schand hin, — Schand her. Schämen ist all'weil besser, als zu Grund geh'n.

Midei. Ja, was heißt denn das?

Michl. Na, weil's halt so viel g'regnet hat den Sommer und weil beim letzten G'witter schon die Partnach aus'treten ist und hat uns das halbe Dorf überschwemmt und weil die Almhütten so ung'schickt dasteht, daß das Gebirgswasser sie leicht einmal mit nehmen kann, so hat er halt Angst kriegt —

Midei. So, — für die Anna hat er Angst, aber ich könnt heroben bleib'n und ersaufen, gelt?

Michl. Na, er meint halt, Du hast eine kräftige Constitution, Du hältst es leichter aus.

Midei (aufgeregt.) Ich dank Dir schön! — Du hast mir jetzt völlig Angst g'macht. Ich weiß auch gar net, was das für ein Sommer ist, jeden Tag ein Wetter und ein's schwerer, als das andere.

Michl. Ja, es zieht sich jetzt auch wieder 'was z'samm. Hinterm Hochwanner hab' ich schon blitzen seh'n, wie ich 'raufg'stiegen bin.

Midei. Jesses, warum sagst denn das net gleich?

Ich muß den Melker aufsuchen und nachher hilfst mir, das Vieh z'samm treiben, gelt?

Michl (hält sie zärtlich am Arm fest.) Midei, ich hab' mir mein B'such bei Dir anders vorg'stellt. Midei — man kann ja nie wissen, wie schnell ein Unglück g'schieht; wär's net g'scheidter, Du gäbest mir doch noch einen Thaler zum Andenken?

Midei (während sie den Rock aufschürzt und ein Tuch über den Kopf bindet.) Da wär' jetzt g'rad Zeit über solche G'spaßeln z'reden. Wenn Du net mitgehst, so geh' ich allein. (Geht eine Anhöhe hinauf, über einen Steg und verschwindet hinter den Coulissen.)

Michl. Das nennt sie G'spaßln, wann sie mir einen Thaler geben soll. (Seufzt.) Na also, geh'n wir halt 's Vieh suchen. (Ersteigt die Anhöhe und schreit in die Berge hinein.) Muh! (Macht dann mit Mund und Hand die Bewegung, womit man Hühner oder Katzen lockt.) Wo seid's denn, ihr Herzerln? (Ab.)

(Es wird nach und nach finster auf der Bühne, man hört entfernt das Geläute von Kuhglocken.)

6. Scene.

Anna und Broni (aus der Hütte tretend.)

Broni (hängt nasse Buttertücher über die Banklehne.)

Anna (an der offenen Thür.) Ah — das thut gut, es geht eine Wetterluft! Da drinn' ist es ja schon so dumpfig, daß Du meinst, Du brennst an.

Broni (mit Bezug.) Das Brennen ist bei Dir mehr innwendig.

Anna. Was weißt denn Du? Meinst vielleicht ich wein' ihm vielleicht noch all'weil nach?

Broni. Na — vergessen kannst ihn net, so viel ist g'wiß.

Anna. Nein, vergessen nie, weil ich die Schand net vergessen kann, die er mir angethan hat. Aufgeben! Mich! — Mir mein Ring hinzuwerfen, wie einer Betteldirn — nein, das vergeß ich nie! Was hab' ich ihm denn gethan? Tanzen hab' ich mit ihm woll'n, lustig sein, wie die An= dern, das ist mein Recht, desweg'n bin ich jung und statt

daß er mich tröst', wenn ich's Weinen anfang, macht er's
so. Dafür will ich ihn aber jetzt hassen, hassen, so viel
ich ihn einmal gern g'habt hab'!

Broni. Fürch'st Dich denn net Sünden, wennst
so red'st? den armen Bub'n hassen, dem Du so viel
an'than hast?

Anna. Du bist all'weil sein Fürsprecher — richtig
— ja — wo denk' ich denn hin? Du bist ja auch verliebt
in Hans. (Lacht spitz.) Geh hin, sag's ihm, vielleicht heirath
er Dich jetzt, die Welt ist verdreht und die Bub'n auch:
die schönsten, stolzesten Blümeln werfens oft weg und ein
arm's Feldnagerl bringen's z'Haus. Warum denn net?
Probier's Du arm's Nagerl!

Broni (über ihre Arbeit gebeugt, schmerzlich.) Das ist
net recht, Du thust mir weh!

Anna (fliegt auf sie zu, umschlingt sie und bricht in Schluchzen aus.) Ich weiß, aber ich kann nix dafür. Es ist was
in mir, was mich zwingt — ich bin ja so viel unglücklich.

Broni. Ich versteh Dich wohl und Du thust mir
auch leid, aber Du darfst net klagen, denn Du hast Dein
Unglück selber verschuldet. (Man hört schwaches Donnern.)

Anna (sich aufrichtend.) Ein Wetter kommt — das
ist recht, das hab' ich gern. Wenn der Wind braust, wenn
der Donner kracht, da ist mir am wohlsten.

Broni. Jesses — was bist Du für ein G'schöpf!
Fürchst Dich denn net?

Anna. Vor was denn? Daß mich der Blitz erschlagt?
Das wär' einmal ein guter Einfall vom Himmel! —
(Sie breitet die Arme aus.) Da bin ich — schlag zu, wenn's
Dir Freud macht! — (Leise und schmerzlich.) Nachher hätt's
Herzleid doch ein End! (Etwas stärkerer Donner.)

Broni. Heilige Mutter Anna, Gott straft Dich,
wenn Du so frevelst.

Anna (lachend.) Ja, ja, es wird das G'scheidt'ste sein.
Du gehst weg von mir, denn Du weißt ja: der Unschul-
dige muß mit dem Schuldigen leiden.

Broni. Ich will 'neingehn und für Dich beten,
Du arm's Madl. (Ab in die Hütte.)

7. Scene.

Anna. Gleich darauf Xaver.

Anna. Thu's, Du gute Seel! Ich will derweil dem Wetter zuschau'n. Aha, jetzt kommt schon der Wind. (Sie nimmt ihr Halstuch ab und fächelt sich.) Das kühlt, das thut wohl! (Setzt sich auf den Baumstumpf links.)

(Man hört Windesbrausen, die Tannen auf der Höhe bewegen sich. Ab und zu Donner und schwache Blitze.)

Xaver. Gott lob, daß ich heroben bin. — Anna! Du bist noch heraußen? Siehst denn net, daß ein arges Wetter kommt?

Anna. Ja, das ist's ja g'rad, was mir g'fallt, mit dem Donnern und Blitzen unterhalt ich mich am Aller- besten.

Xaver. Geh, laß die narrischen Sachen. (Er hält prüfend die Hand hinaus.) Es fangt schon ein Bisl zum Reg- nen an. Ich muß mit Dir reden, laß Uns hineingeh'n. (Er geht gegen die Hütte.)

Anna (eilt voraus und wehrt ihm den Eingang.) Du — Du willst in mein' Hütten?

Xaver. Ich glaub' net, daß das ein b'sonderes Verlangen ist. Ein jeder Fremde dürft' das Wetter bei Dir abwarten, warum ich net?

Anna. G'rad weil Du mir kein Fremder bist, weil ich schon in's G'red 'kommen bin mit Dir. Weißt net, daß die Leut sag'n, ich wär mit Dir heimlich einverstan- den und der Hans hätt' mir nur deßwegen die Schand an'than vor aller Welt! (Donner und Blitz.)

Xaver. Was ist es nachher, wenn's die Leut' sag'n? Ich muß Dir allerlei erzähl'n, deßwegen bin ich die zwei Stunden 'raufg'stieg'n bis zu Dir und Du willst mich net einmal in Dein' Hütten lassen? (Will sie wegdrängen.)

Anna. Z'rück sag ich! — Ich will net, daß mor- gen wieder im Dorf heißt, Du wärst bei mir g'wesen. Sag' mir g'schwind, was Du mir z'sagen hast und nach- her machst, daß Du weiter kommst.

Xaver. Jetzt — wo's Wetter da ist?

Anna. Die Unterstandshütten ist net weit, die Alm vom Wiesenbauer auch net, in mein' Hütten kannst einmal net. Ist mir schon g'nug, was die Leut' Alles über mich reden. Mehr Schand' könnt ich net brauchen.

Xaver. Du Teufelsmad'l machst g'rad mit mir, was D' willst. Was ich Dir hab' sag'n woll'n, das kannst errathen: daß ich Dich haben will, haben muß, daß ich nimmer länger wart', und daß ich Dich erschieß und mich mit, wenn Du nix von mir wissen willst.

Anna (lacht hellauf.) Die alte Prahlerei! Mein Vater hätt' eine rechte Freud', wenn ich Dich als Sohn in's Haus brächt'! Wie viel kommt denn auf Dich, wann Du Dich mit Deine sechs G'schwister in's Anwesen theilst?

Xaver. Wann Dich nur das abhalt, nachher ist Alles in Ordnung. Von heut an bin ich der Herr vom Angermeyerhof! Die Mutter geht in Austrag und für die klein' G'schwister wird schon g'sorgt.

Anna. Dein' Mutter geht in Austrag? Die rüstige Frau? Wie hast denn das ang'stellt? Bist wieder mit dem Messer auf sie zu'gangen, wie Du's schon einmal 'than hast?

Xaver (heiser vor Aufregung.) Ja Anna! — Es ist ein harter Kampf g'wesen, bis ich's erreicht hab', aber für Dich gibt's nix, was ich net zuwegen bring'.

Anna. Und Du glaubst, ich werd' von dem Besitz ergreifen, was Du Deine klein' G'schwister abstiehlst?

Xaver. Anna!? Du bist kein schwachherziges Mad'l wie die Andern, und schreckst net so leicht vor 'was z'rück. Du bist stolz und fürch'st kein Teufel, darum g'fallst mir und darum paß' ich zu Dir. (Will sie an sich ziehen.) Schlag ein, werd' mein Weib, Du sollst glücklich sein und ich schwör Dir's, daß ich die Schand' räch', die Dir der Hans an'than hat.

Anna (reißt sich los.) G'nug mit dem G'schwatz! — Wie schlecht muß ich bis heut' g'wesen sein, wenn ich Dir g'fall'n hab! Daß Du's nur weißt, ich veracht' Dich in Grund und Boden 'nein und nie werd ich Dein Weib — nie! Du hast recht, ich fürcht' mich vor keinem Teufel, also auch net vor Dir. So — jetzt geh' zu — erschieß

4

mich, wie ein feiger Tropf, aus dem Hinterhalt — es ist all'weil besser, todt sein, als Dein Weib.

(Ab in die Hütte.)

(Starkes Donnern, der Wind wird heulend.)

8. Scene.

Xaver. Gleich darauf Hans.

Xaver. Was? Abg'wiesen?! Veracht' und verspott'? Steckt ihr leicht doch noch der Krüppel im Herzen? Wart Madl, das sollst Du mir büßen! (Im Abgehen stößt er an Hans.)

(Es ist finster geworden, grelle Blitze und heftiges Donnern.)

Hans. He! Wer ist denn da noch am Weg bei dem Wetter?

(Ein Blitz beleuchtet die Beiden.)

Xaver. Du bist es? Schau! schau! Ihr habt uns also nur eine Komödi' vorg'spielt, und ich war der Gimpel der auf den Leim 'gangen ist?!

Hans. Da irrst Dich! Ich will nix von der Anna. Ich hab' ihr damals g'lobt, daß ich Ihr ein Schutz sein wollt' und darum bin ich 'rauf. Die Partnach ist übertreten, das Gebirgswasser braust, daß man meint, es nimmt Alles mit und ich glaub', es gibt auch ein' Sturm. Die Alm ist net sicher, mach' daß Du in die Unterstandshütten lauffst, ich komm mit die Mad'ln nach.

Xaver. G'rad recht ist's mir, daß ich Dich treff', ich muß mit Dir reden.

Hans. Jetzt ist weder Zeit noch G'legenheit dazu.

Xaver. Von mir aus tritt die Partnach über, von mir aus geht die ganze Welt zu Grund, das schert mich nix. Ich hab' nur ein's, was mir zu Herzen geht und das ist die Lieb' zu dem Mad'l, das mich verlacht und verspott' um Deinetwillen. Sie hat mich net in ihre Hütten lassen — gut — Du sollst aber auch net 'nein, das schwör' ich Dir!

Hans. Oho! Das woll'n wir seh'n.

Xaver. Ja, das woll'n wir seh'n. Ich muß Dir sagen, daß ich Dich haß' von Herzensgrund, denn schon von klein auf bist Du mir im Weg g'wesen. Du warst ja all'weil der Brave, der Schöne, der Gute, in der Schul' und später bei den Madl'n, — just auch bei dem Madl, zu dem mich eine heiße Lieb' treibt. Du hast es aufgeb'n, weil Du einsiehst, daß ein Krüppel zu dem Staatsmadl nimmer paßt, aber einem Andern scheint's, willst es auch net vergönnen.

Hans. Dir net, denn ich hab' die Anna noch all'=weil so viel gern, daß ich ihr nichts Böses wünsch' und eine Heirath mit Dir wär' das Schlechteste, was ihr paf=siren könnt. Für einen Spieler und Raufbold ist die Anna zu gut. Ich selber werd' sie vor Dir warnen.

Xaver. Das laßt Du bleiben, wenn Dir Dein Leben lieb ist.

Hans. Du halt'st mich net ab davon, das merkst Dir. (Will nach der Hütte.)

Xaver. Ich halt Dich net ab. (Zieht das Messer, um Hans hinterrücks niederzustechen.)

Hans. (Dreht sich blitzschnell um, schlägt mit seiner Rechten auf Xaver's Arm, der das Messer fallen läßt, hebt es auf und wirft es den Abgrund hinunter.) Hollah! So meinst Du's mit mir, Du feiger Kamerad. Das mußt sein net glauben, daß sich ein bahrischer Soldat so mir nix Dir nix von hinten niederstechen laßt. — Da liegt's drunten, Dein Messer, lauf ihm nach, ich will Dich für diesmal noch net an=zeigen, Du kommst der Vergeltung ja doch net aus!

Xaver (in höchster Wuth.) Wart nur! wart nur! ein andermal treff' ich schon besser! (Eilt den Berg hinab.)

(Es erhebt sich ein Sturm, eine Tanne im Vordergrunde bricht ab und zersplittert.)

Hans. Thu', was Du willst, ich bin schon auf meiner Hut. Na — Dein Weib soll die Anna net werd'n und wenn ich's mit meinem Leben zahlen müßt' — es darf net sein.

(Der Sturm ist inzwischen furchtbar geworden.)

Allmächtiger Gott, der Sturm, das Wasser! Sie müssen

fort von der Hütten, sonst ist's zu spät. — Anna! (Eilt in die Hütte.

(Sobald Hans verschwunden ist, löst sich unter starkem Krachen ein mächtiger Stein von den Felsen hinter der Hütte, fällt auf dieselbe, sie bricht zusammen Es ist finster geworden. Bäume werden geknickt, die Geländer und Stege im Hintergrunde brechen ab und grelle Blitze beleuchten die Verwüstung. Hans schleppt die ohnmächtige Anna noch bis zur offenen Thür und bricht dort mit ihr unter den Trümmern zusammen. Sobald die Beiden sichtbar sind, fällt der Vorhang rasch.)

(Aktschluß.)

Vierter Akt.

Bauernstube bei Hans. Ein Fenster im Mittelprospekt.

1. Scene.

Hans und Brigitt.

Hans (sitzt im Lehnstuhl und schläft).

Brigitt (macht sich zärtlich um ihn zu schaffen.) Wie blaß er ausschaut, der arme Bub. Jetzt sind's doch schon acht Tag', seit ihm das Malheur auf der Alm' passirt ist, aber er will gar net g'sund werden. Glaub's schon, wenn's Herz net in Ordnung ist, kann der Körper auch net zunehmen. (Sie wehrt ihm die Fliegen ab.) Geht's weiter, Ihr Fliegen, müßt's mir 'n aufwecken?

Hans. Mutter — ja hab' ich denn g'schlafen?

Brigitt (anzüglich.) Ja wohl, von dem Schrecken und von der Herzlosigkeit!

Hans (vorwurfsvoll.) Mutter!

Brigitt. Ich sag' nix, ich sag' nix. Ich weiß schon, daß man über des Mad'l nix sagen darf. Aber weh' thun soll sie Dir auch net mehr, dafür will ich schon sorgen. Ich laß' Dich gar nimmer 'naus aus der Stuben, nachher hat die G'schicht gleich ein End'.

Hans (lachend.) Na — das wär' ein schönes Leben für ein Mannsbild.

Brigitt. Was? Ist's bei der Mutter etwa net schön? Es sollt Dir schon g'falln bei mir, Du würdest gar nimmer 'nausmögen. Alles thät ich Dir kochen, was nur g'rad gut und theuer ist: Heut Schmalznudeln und

Morgen einen Kartoffelstampf und Uebermorgen einen
Gugelhopf mit Weinbeer'ln — magst ein? Soll ich Dir
gleich zeig'n, daß Deine Mutter das kann?

Hans. Na, na, Mutter, ich dank' Dir schön.

Brigitt. Und wenn Du eine Unterhaltung
brauchst, — na — ich hab' in meiner Jugend auch manch=
mal g'sungen und Citherng'schlag'n, vielleicht kann ich's
noch? Ich muß halt probier'n. Die Finger werd'n frei=
lich vom Arbeiten ein bisl steif sein und die Stimm' ein
bisl eing'rost, aber das macht nix, die Stimm von der
Mutter g'freut mein Bub'n doch. (Singt halblaut und zitternd)
 Mein Bub'n möchtens Alle,
 Mein Bub der hat 's G'riß
 Und ich gieb ihn net her
 Soviel ist einmal g'wiß.

Hans (lacht.) Mutter, ich glaub', Du thät'st mir
auch noch einen Landler vortanzen?

Brigitt. Wenn's Dir Freud macht, käm's mir
auch net d'rauf an. Und wenn ich zum Singen und
Tanzen zu alt bin, nachher thät' ich ein paar Mad'ln ein=
laden in Heimgarten, liebe, lustige. O, es thät' Dir schon
daheim g'falln.

Hans. Hahaha! Du möchtest Dir wohl noch einen
Kuppelpelz verdienen bei mir?

Brigitt. Ob Du stad bist, so was darf man ja
net sagen. Aber wahr ist's, Du brauchst net traurig sein,
wenn Du auch das Unglück mit Dein Arm hast; ich weiß
g'nug Mad'ln, die Dich möchten, ganz andere als — die
Andere — Du verstehst mich schon.

Hans. Mutter!

Brigitt. Ich sag' nix, ich sag' nix. Aber wahr
ist wahr, ein schlechtes G'schöpf ist die Anna, ein herz=
loses, und net einmal schön — ich bitt' Dich, — was
hast denn verloren, ist ja net einmal 'was Schön's an ihr.

Hans. Du bist ungerecht, Mutter, früher hat's bei
Dir gar kein' Schönere net geben.

Brigitt (verlegen.) Ja früher, das kann schon sein,
früher, wo sie Dich noch gern g'habt hat, aber seitdem ist

sie wüst worden, der böse Charakter liegt ihr im G'sicht.

Hans. Du meinst es gut, Mutter, aber ihr Frauen müßt Alles übertreiben.

2. Scene.

Die Vorigen. Broni und Burgl (mit Blumensträußen).

Burgl. Das laß' ich mir g'fallen, der Hans ist schon wieder lebendig worden.

Brigitt. Da schau' her, jetzt kriegst B'such.

Broni. Du bist schon wieder auf, Hans, das freut mich. Geht's Dir also wieder besser?

Hans. Ganz gut. Ich kann's heut noch net be= greifen, wie's kommen ist, daß man mich selbig'smal ohn= mächtig von der Alm' 'runter g'schleppt hat, — es ist halt in der letzten Zeit ein bisl viel über mich kommen.

Brigitt. Das weiß Gott!

Hans. Aber jetzt ist's schon wieder vorbei. Meiner Mutter müßt's nix glauben, die möcht' mich am liebsten heut noch in's Wickeltiß' legen, wie ein kleines Büberl.— Wem g'hören denn die schönen Blumenbuschen?

Broni und Burgl. Dir!

Hans. Ja ist denn heut' mein Namenstag?

Broni. Das net, aber weil's uns halt so freut, daß Du wieder g'sund bist und daß die G'schicht auf dem Wetterstein so gut aus'gangen ist.

Burgl. Und weil das so schön von Dir war, daß Du naufg'stiegen bist, um die Anna zu retten, trotzdem sie so abscheulich an Dir gehandelt hat. In der ganzen Gegend red't man von nix andern und alle Mad'ln sind verliebt in Dich.

Hans (scherzend.) Ihr zwei auch?

Burgl. Ich schon, ich nehmet Dich gleich, wenn ich net schon einen Schatz hätt' und die Broni — na, das weiß man ja, daß die Anna sie nur deßhalb vom Hof g'jagt hat, weil sie Dich gern hat.

Broni (weinend.) Aber Burgl!

Burgl. Hätt' ich's net sagen soll'n? s'ist ja nix unrecht's.

Brigitt. Davong'jagt hat sie Dich, die böse Dirn? Hörst Du's Hans? Ja was fangst denn jetzt an Mad'l?

Broni. Ich weiß net, ich hab' Euch um Rath fragen woll'n.

Brigitt. Bei uns bleibst, das ist doch g'wiß. — Davong'jagt, weil sie Dich gern hat. Hans! Eine solche Schlechtigkeit! Ja wohl, Du bleibst da und gleich auf der Stell. Gelt Hans? Dir ist's schon recht?

Hans. Wenn Du Hülf in der Wirthschaft brauchst, Mutter, so hab' ich nix dagegen.

Brigitt. Das ist das Wenigste, aber Du bist krank, brauchst eine Pfleg' und da versteh'n sich junge Leut' viel besser d'rauf.

Hans. Mutter, komm' mir net wieder mit solche G'schichten, sonst geh' ich auf und davon. Ich laß' mich net pflegen, ich bin g'sund.

Brigitt. Wenn 's Herz krank ist, braucht man auch Pfleg.

Hans. So meinst es? Schau, schau, wie fein ausstudiert. Mein Mutterl, Du irrst Dich. Das wär' ein trauriges Mannsbild, das nicht selber mit so 'was fertig wird, da brauch' ich kein Mad'l dazu. Ich brauch' kein' Pfleg, aber wenn Dir die Broni in der Wirthschaft helfen kann, so soll sie in Gottesnamen dableiben.

Brigitt. Das werden wir nachher schon seh'n. Jetzt bleibst halt einmal da, Broni.

Hans. Wie ist's denn nachher mit der Anna? Ist sie auch schon wieder auf?

Brigitt. Geh' was fragst, Unkraut verdirbt net. (Man sieht Anna am Fenster vorüberhuschen.) Jessas!

Hans. Was giebt's denn?

Brigitt. Nix, nix. (Für sich.) Sie ist meiner Seel

schon wieder am Fenster g'standen. Alleweil schleicht's um 's Haus 'rum, wie ein böser Geist.

3. Scene.

Die Vorigen. Wirth.

Wirth. Ja — saubere Mad'ln? Da bin ich dabei. In dem Krankenzimmer geht's lustig zu. Da g'fallt's mir gleich besser, als daheim; überhaupt, daheim g'fallt's mir schon gar nimmer. (Er nimmt Burgl bei der Hand und streichelt sie.) Wie geht's Dir denn nachher, Hans, das freut mich daß Du wieder auf bist.

Hans (lacht.) Da bin ich, Müllerwirth.

Wirth. Ja so! Ja so! Ja mein schlechtes G'schau.

Hans. Mutter, einen Stuhl! — Ja es ist schon wieder Alles in Ordnung. Mein, war ja nix, hat mich ja nur ein Brettl g'streift.

Wirth. Na — das Brettl mein ich, war schon ein Balken. Aber es ist schön g'wesen, daß Du Dich so um mein' Tochter ang'nommen hast und es freut mich wirklich, daß so gut aus'gangen ist. (Zu Brigitt, die ihm einen Stuhl bringt.) Dank schön! Dank schön! Schad' daß nix wird mit der Verwandtschaft. Na weißt, da müssen wir uns keine grauen Haar wachsen lassen, es ist Alles B'stimmung auf der Welt. Freilich geht's manchmal ein bisl anders, als sich's der Mensch ausdenkt. (Erblickt Broni.) Je Broni — Du bist auch da? Bleibst jetzt bei der Brigitt? Das ist recht, ich sag's ja allweil: Brave Leut' seid's, brave Leut! Aber meine Anna hätt' doch nicht da 'rein paßt. Ein herzensgutes Mad'l, wißt's, aber manchmal g'rad wie ein Teuf'l. Im Zorn kennt sie sich selber nimmer.

Hans. Das liegt schon so in der Familie, mein' ich.

Wirth (gemüthlich.) Na — ich mein net. Von wem sollt' sie's haben? Von mir etwa? (Aufbrausend.) Du — so wenn Du's meinst, das thät ich mir fein ausbitten, so muß man net lügen, das ist eine Unverschämtheit!

Hans (lacht.) Na, na, Ihr seid net zornig.

Burgl (lacht laut auf.)

Wirth. Da kann's lachen, die Spitzbübin!

Burgl. Ich muß jetzt fort, ich halt Euch net länger auf.

Wirth. Ja, schau ein Bißl nach meiner Anna. Leut', bei mir daheim geht's zu, die Ohrfeigen fliegen lebendig in der Stuben umeinander.

Burgl. Nachher werd' ich mich hüten, daß ich nach Deiner Anna schau, b'hüt Gott bei'nander! (ab.)

Hans. B'hüt Gott!

Brigitt. Komm' nur wieder!

4. Scene.
Die Vorigen ohne Burgl.

Wirth. Ja, um wieder auf die alte G'schicht' zu kommen: ich hab' Dir nur sagen woll'n, daß ich Dir gar net bös bin, weil Du der Anna den Abschied 'geben hast. Ihr wär't doch net glücklich word'n. Die Mad'ln hängen gar zu viel an der Schönheit und an solche Dummheiten, — da kannst einmal nix machen. Weißt, sie hat Geld, da kriegt's schon einen Andern und Du kriegst auch eine Andere, da ist mir net bang. Weißt wer sie möcht? Der Angermeier=Xaver. Na, ein wilder schneidiger Bursch der= selb', in der Art passet er zu ihr, aber ich bitt Dich, sechs kleine G'schwister und Schulden am Anwesen, der ging mir noch ab.

Hans (schnell.) Mag's ihn denn, die Anna? G'fallt er ihr?

Wirth. Ich weiß net — ich kenn' mich net aus. Schimpfen thut's d'rüber, aber g'rad deßwegen ist sie viel= leicht närrisch verliebt in ihn. Die Dirnd'ln müssen das Hirn doch rein über Zwerg im Kopf haben, anders ist's net möglich. In ihr kenn' ich mich net aus, wohl aber in ihm: er hat sich's in Kopf g'setzt, daß er das Mad'l kriegt. G'rad ist er mir begegnet und hat mich g'stellt deßweg'n. Anzogen, weißt wie ein Jager, mit dem G'wehr über'm Buckel. „An schön Gruß", hat er mir zug'rufen, sollt' ich der Anna ausrichten und sie möcht sich die Sach' bald überlegen, sonst gäb's ein Unglück. — Dem Wildling trau' ich schon net über'n Weg. Was soll ich denn nur mit dem Mad'l anfangen? Gebt mir doch ein' Rath.

Brigitt. Thu's fort von daheim, in ein' Dienst?

Wirth. Die Anna in ein' Dienst? Da kennst sie schlecht. Aber, da hast recht, fort muß sie. Ich hab' eine weitschichtige Basen in der Stadt, vielleicht kann's ein Zeit lang zu der. — Jetzt nix für ungut, ich hab' bloß seh'n woll'n, wie's Dir geht, Hans — jetzt halt ich Euch nimmer länger auf.

5. Scene.
Die Vorigen. Midei und Michel.

Michel. Da ist er ja, — grüß Dich Gott, Ka= merad — darf man 'reingehn?

Hans und Brigitt. Freilich! freilich!

Midei. Jesses, der Müllerwirth ist auch da!

Wirth. Ja, aber wann Du kommst geh' ich. (Zu Hans.) Die macht jetzt bald Hochzeit, da kann's allerlei im neuen Hausstand brauchen. Sobald ich's nur seh', halt ich den Geldbeutel zu, denn die hat eine Manier, Einem die Thaler springen z'machen. — Nimm Dich in Acht Hans.

Midei. Aber Müllerwirth, was soll'n denn die Leut' von mir denken? (Schluchzt.) Ich bin halt eine spar= same Person

Wirth. Je — sie fangt schon wieder an! — Nix für ungut, ich muß g'schwind z'Haus. (Er läuft ab durch die Mitte.)

(Alle lachen.)

6. Scene.
Die Vorigen ohne Wirth.

Michel Der lauft net schlecht vor Dir. — — Midei, am End' wär's g'scheidter, ich laufet mit!

Midei. Solche G'spaß kannst nach der Hochzeit machen, jetzt schicken sie sich gar net.

Michel. Aber darnach? Du hast schöne Ansichten.

Brigitt (hat Vroni ihr Spinnrad gebracht und setzt sich

nun mit einer Strickarbeit zur Gesellschaft.) Also wird ernstlich
g'heirath?

Michel. Ja, es wird Ernst, furchtbarer Ernst!
Aber weißt Freund, ich denk' mir, sind wir ohne Herz-
klopfen vor die Mitrailleusen hing'standen, nachher werden
wir wohl auch so viel Muth haben, in den heiligen Ehe-
stand zu treten, — es g'hört freilich mehr Courage dazu.

Midei. Geh' hör' auf! — (Zu den Frauen.) Wißt's,
sein Vetter ist g'storb'n im Tyrolischen und hat ihm sein
Anwesen vermacht, — ganz kinderlos.

Michel. Ich bedanket mich auch für ein Anwesen,
das net kinderlos wär'.

Hans (reicht ihm die Hand.) Sixt, das g'freut mich,
daß Dir noch so gut geht und daß Du Dein alten Schatz
heirath'st. Wir haben viel böse Tag mit'nander durch-
z'machen g'habt, so soll's wenigstens Einem von uns be-
lohnt werden.

Michel. Ach was, bei Dir wird 's Glück schon auch
noch einschlag'n. —

Hans (leise.) Na — ich hab's verpaßt.

Michel. Das Schönste ist, wie die Midei von der
Erbschaft g'hört hat, da hat's zum Weinen und zum
Schrei'n ang'fangt und hat g'sagt: Jesses! jesses! jetzt
heirathst mich g'wiß nimmer.

Midei. Na, weil ich ihn halt kennt hab' als leicht-
sinnigen Schippel.

Michel. Ach was, leichtsinnig — der Kern ist die
Haupt'sach, der Kern! — Na — Du hast ja der Frau
Brigitt ihren Rath woll'n, also frag's jetzt: wie viel
Milchschüsseln und wie viel Bettziehen und wie viel Kin-
derjopperln —

Brigitt. Ihr fangt's früh an!

Michel. Gelt! Da heißt's allweil, ich wäre leichtsinnig, derweil denk' ich an Alles.

Midei. So hör' doch auf, ich schäm' mich ja vor
der Broni!

Michel. Warum? Die wär' froh, wenn sie sich schon Kinderjopperln kaufen dürft'.

Midei. Jetzt bist ßtad, sonst geh' ich auf und davon!

Michel. Nachher such' ich mir eine andere Hoch= zeiterin!

Midei. Und ich kratz' Dir Deine falschen Augen aus.

Michel. Couche! couche Mamsell!

Midei. Michel! Alles kann ich vertrag'n — nur red' mir nimmer französisch. Das ist schon so eine imper= tinente Sprach' — lieber gleich Schläg'!

Michel (lachend.) Das hat's aufg'schrieb'n! Aber gut kann ich's, gelt Hans?

Midei. Geh' Brigitt, zeig' mir Deine Wirthschaft, von Dir kann man schon 'was lernen.

Brigitt. Ist recht. — Broni geh' mit, ich komm' gleich nach. Wenn's Euch recht ist, nachher trinken wir im Gärtl ein' Schal'n Kafe, so g'hört sich's bei einer or= dentlichen Brautvisit.

Midei. Da sind wir schon dabei!

Michel. Einen Kafe? Gelt Brigitt, ich darf den mein' aus'm Maßkrug trinken, nachher kann ich mir viel= leicht einbilden, es wär' 'was ander's. Also einen Kafe? O weh!

Michel und Midei (mit Broni durch die Seitenthür links ab.)

Brigitt. Trink halt, aus was Du magst, Du g'spaßiger Ding! (Zu Hans, der nachgehen will.) Na, na, Du gehst mir noch net an b' Luft, wo Du so krank warst.

Hans. Aber Mutter!

7. Scene.

Hans. Brigitt. Anna.

Anna (reißt die Thüre auf und bleibt zögernd ßehen.) (Sie ist blaß und nachläffig angezogen.)

Brigitt. Du bist es? Was willst denn da?

Hans (erschüttert.) Die Anna!

Brigitt. Du kommst mir nimmer über die Schwell'n — geh' nur weiter!

Anna (bricht auf der Thürschwelle zusammen und schluchzt laut.)

Hans. Mutter!

Brigitt. Du bist der böse Geist von mein' Sohn! Mit Dir ist's Unglück bei uns einzogen — Du hast ihn zu Grund g'richt, an Leib und Seel'!

Hans. Mutter, Du bist in Deiner Lieb' zu mir hart gegen die Anna. — Komm her, Anna — was willst von mir?

Anna (stößt einen Freudenschrei aus, eilt auf Hans zu und kniet vor ihm nieder.) Seh'n hab' ich Dich woll'n, wissen will ich, ob's wahr ist, daß Du wieder g'sund bist, wie mein Vater sagt, denn ich kann's ja net glauben; Du hast Dich ja über mich g'worfen, um mich vor dem Er= schlagen zu bewahren, ich hab' Dich ja hernach todt da= liegen seh'n unter den Trümmern.

Hans. Es war nur eine Ohnmacht, Anna, — unser Herrgott hat mich bewahrt.

Brigitt. Für Dich hat sich er dem Tod aus= g'setzt, für Dich — und Du schämst Dich net, da her z'kommen. Willst ihn leicht wieder verliebt machen, daß Du ihn darnach wieder auslachen kannst? — Geh' weiter, sag' ich, bei uns kein Platz mehr für Dich!

Anna (steht auf und tritt in die Mitte.) Brigitt — sei net so hartherzig — Du weißt net, was ich leiden muß! Wie er damals in Sturm und Noth zu mir 'kommen ist, auf die Al'm — da hab' ich's g'spürt, daß ich ihn lieb hab' und hab' mein' Eitelkeit verwünscht, die ihm so bitter weh' gethan hat. Wie gleich d'rauf die Hütten zusamm= 'brochen ist über uns, da hab' ich aufg'jauchst, denn ich hab' mir denkt, jetzt darf ich sterben, mit ihm. Aber unser Herrgott hat's net so gut mit mir vorg'habt — da bin ich noch und elend bin ich meiner Lebtag, denn ich hab' mich selber 'nausg'sperrt aus dem Paradies.

— 63 —

Hans. Du bift aufgeregt, Anna, das ift kein Wunder,
die vielen bittern Ueberraſchungen in der letzten Zeit können
ein ſchwaches Mad'l leicht durcheinander bringen. Aber
wenn Du erſt wieder ruhig biſt, nachher denkſt anders.
Glaub's, ich kenn' Dich beſſer, als Du Dich ſelber und es
wär' unrecht von mir, wenn ich mir deinen Gemüths=
zuſtand z' Nutzen machet, um mich Dir neuerdings auf-
zudrängen.

Anna. Aufdrängen! Hans ich bitt' Dich, red' net ſo.
(Kniet.) Am Boden lieg' ich vor Dir und ſag': kannſt mir
denn net verzeih'n? Ich will ja nix ander's. Ich will
Dein Weib net werd'n, Dein' Magd will ich ſein und Dir
dienen mein Lebenlang.

Hans (beſtimmt.) Steh auf! Das ertrag ich net.
Du weißt net was Du redt'ſt. Es iſt net recht von Dir,
daß Du mich auffuchſt, Du machſt mir's ſchwer Dich zu
vergeſſen und das muß doch einmal ſein. Daß ich Dich
über alle Maaßen gern g'habt hab' daß iſt wahr, aber
ich hab' einen Strich d'runter g'macht in dem Augenblick,
wo ich g'ſehen hab', daß eine Vereinigung zwiſchen uns
zwei nur zu unſerm Unglück ausſchlaget. Schau Anna,
Du biſt wie's Aprilwetter, heut bildſt Du Dir eine grauſige
Lieb ein, morgen thätſt Dich meiner ſchämen. Na Mad'l,
weil ich Dir's gut mein, muß ich feſt bleiben.

Brigitt (zu Hans.) Das iſt recht, ſag's ihr nur,
laß' Dich net 'rumbringen! (Zu Anna.) Weißt es noch,
wie ich zu Dir kommen bin und hab' Dich bitt, Du ſollſt
gut mit ihm ſein? Warſt es auch, — ſo lieb und ſo
freundlich, — aber nur ſo lang, daß Du ihn hernach haſt
noch bitterer kränken können. Was Du ihm ſelbigesmal
angethan haſt, das verzeiht Dir eine Mutter nie. Geh'
weiter Hex', mit Dein'm Zauber iſt's vorbei, kannſt an
einem Andern Dein Glück probier'n.

Anna (Die ſich bei den Worten: „Geh weiter, Hex' 2c." lang=
ſam aufrichtet.) Ich geh' ſchon — ich geh'! (Geht langſam
nach dem Hintergrunde.)

Hans. Nimm's meiner Mutter net übel, wenn ſie
ein bißl zu viel red't. Ich bin halt ihr Einziger.

Anna (im Hintergrunde, ſchmerzlich.) Der meine auch).

Brigitt. Das war recht, Hans, daß Du Dich net
haſt einfädeln laſſen. Die böſe Dirn hätt' uns alle Zwei
unglücklich g'macht.

Hans (mit tiefer Innerlichkeit.) Laß' Mutter laß'! (Auf sein Herz deutend.) Du weißt net was — — (Rauh.) Kein Wort mehr davon, wenn Dir mein' Ruh' lieb' ist. (Ab Seitenthüre rechts.)

Brigitt. Was war denn das? Tragt er 's leicht noch all'weil im Herzen? Um Gotteswillen, das wär 's größte Unglück! Hans! Hans! Hör' mich an! (Eilt ihm nach.)

8. Scene.

Anna. Gleich darauf Xaver.

Anna (hat sich bis jetzt im Hintergrund verborgen gehalten und tritt nun vor.) Jetzt ist's aus — Glück, Leben, — Lieb' — Alles vorbei. — Jetzt kann ich hingeh'n und den wilden Xaver zum Mann nehmen oder was noch g'scheidter ist, ich häng mir gleich einen Mühlstein um den Hals und geh' in die Partnach. Warum bin ich denn net schon dort? Was will ich denn noch da? (Wie sie sich zum Gehen wendet, sieht sie Xaver am Fenster vorüber gehen.) Der kommt mir g'rad recht. (Eilt an's Fenster und ruft.) Xaver! Xaver!

Xaver (an der Thür, mit einem Gewehr über der Schulter.) Wer will 'was von mir? Du Anna? Dich seh' ich noch in dem Haus?

Anna (mit erkünstelter Ruhe.) Warum net? Ist das net in Ordnung, wenn man die Braut im Haus ihres Bräutigam's trifft?

Xaver (tritt näher.) Anna! Das ist net wahr! Du willst mich nur reizen. So sehr kannst Du Dein' Stolz net vergessen, daß Du jetzt Dem nachlauf'st, der Dir Schand und Spott an'than hat.

Anna. Ach was, Stolz! Vor der Lieb kann kein Stolz besteh'n und siehst, — jetzt weiß ich erst, wie gern ich ihn hab'. Der Hans ist halt ein Mann, ein Charakter, ich hab' ihn kennen g'lernt, und wann er unter der Erden wär', zehn Klafter tief, ich wüßt ihn aufzufinden, und wann er am Himmel droben hauset, bei die Sternd'ln — ich findet den Weg zu ihm.

Xaver (in höchster Wuth.) Und das sagst Du mir?! mir?!

Anna. Ja — weil's mir Spaß macht, daß Du gar so ein dummer Teufel bist. Meinst denn, es wär' jemals aus g'wesen zwischen mir und dem Hans? Kein' Augenblick. Wir haben nur so gethan vor die Leut'. Der Hans ist alle Tag zu mir 'nauf g'stieg'n auf die Alm' und auch damals, wie uns das Unwetter erwischt hat, weißt es noch? Da hab' ich Dich nur deßhalb net in mein' Hütten 'lassen, weil er zu mir kommen ist.

Xaver. Du lügst, Du trautest Dich gar net, mir das in's G'sicht z'sag'n.

Anna. Da irrst Dich — ich kenn' Dich besser. Du red'st nur all'weil vom Umbringen, aber Du bist ein feiger Bursch! Wie oft hast Du mir schon mit dem Er= schießen 'droht, wenn ich Dir net ang'hör'n will, aber wenn 's d'rauf ankommt, fehlt Dir die Courage dazu. Na freilich, zu so 'was g'hör'n Leut', Männer, — aber keine Bub'n.

Xaver. So meinst? Du wirst schon seh'n, daß es mir an Courage net fehlt. Aber net Dir will ich an 's Leb'n, nein — so ein schwaches Mad'l wär' mir net der Müh werth. Ich weiß Dich schon besser z'treffen. (Hat während der Rede, wie unbewußt, das Gewehr abgenommen.)

9. Scene.

Hans und Brigitt von rechts. Nach dem Schuß Michel, Midei, Vroni von links und Landvolk durch die Mitte.

Hans. Was giebt's da?

Xaver. Da ist er ja, der Lügner, der Heuchler Mir g'hört die Anna nicht, Dir soll's aber auch nicht g'hör'n! (Er nimmt rasch die Büchse auf und schießt auf Hans.) Da hast ihn, Dein' Schatz! (Wirft das Gewehr weg und läuft ab, wird aber draußen von den ihm entgegen kommenden Burschen gepackt und einige Zeit am Fenster sichtbar fest gehalten.)

Anna (hat sich mit einem Entsetzensschrei zwischen die Bei= den, geworfen, um Hans mit ihrem Körper zu decken, wird von dem Schuß verwundet und sinkt ohnmächtig zu Boden.)

Hans (stürzt zu Anna, kniet vor ihr, ihr Haupt in seinen Schooß legend)
(Vom Schuß angelockt, strömen Leute zu allen Thüren herein.)

Michel. Was ist denn g'scheh'n? Hat er g'schossen, der Lump? Packt's ihn nur, laßt's ihn net aus!
(Alle schreien durcheinander.)

Sepp. Wir haben ihn schon, den Kerl!

Michel. Wart Freunderl, jetzt wird Dir der Zorn vergeh'n, wenn Du hinter Schloß und Riegel sitz't!

Xaver. (Draußen am Fenster von den Burschen gehalten.) Ist mir nur leid, daß ich so schlecht 'troffen hab'. (Er wird weiter gezerrt.)

Brigitt (ist in einen Stuhl gesunken und wird von Midei und Broni gestützt.)

Hans. Todt! Todt! Nein, das kann net sein, so wird mich Gott ja net strafen woll'n. — Wißt's Leut', für mich hat sie sich dem Tod ausg'setzt, um mich zu retten. Anna! hörst mich net! Ich will mein Unrecht gut machen! Was ich mir auch überlegt und ausstudiert hab', meine Lieb' ist größer, als alle Vernunft und wenn Du mich jetzt allein laßt, ich folg' Dir nach! Anna! Mein Weib, wach' auf!

Anna (öffnet die Augen und schlingt mit einem schwachen Aufschrei ihre Arme um Hans.)

Hans. Sie lebt! Sie lebt! (Er lacht und schluchzt zugleich.) Herrgott im Himmel, jetzt sind wir quitt! Du hast mir meinen Arm g'nommen, aber Du hast mir das Mad'l auf's Neue g'schenkt — Herrgott, ich dank' Dir!

(Schluß.)

———→‖←———